地面師たち

アノニマス

新庄　耕

集英社文庫

地面師たち
アノニマス

目次

地面師たち

アノニマス

街の光

辰（刑事）

二〇一〇年四月十四日

二十八階でエレベーターを降りると、天井の高い豪奢《ごうしゃ》なロビーがひろがっていた。

早朝のレセプションカウンターには、ホテルのスタッフが一人いるだけでチェックアウト客の姿はまだない。ロビーの右方に面した営業前のラウンジが、フルハイトのガラス窓から差し込む朝日によってまばゆく照らされている。

辰《たつ》たちがあらわれるのを待ち構えていたかのように、藤森《ふじもり》が足早に近寄ってくる。代々木《よよぎ》署の藤森らに、一週間ほど前から、ホテルの協力のもと二十四時間態勢でバックヤードの防犯カメラを監視させている。標的《マト》は、ここのロイヤルスイートルームを根城にしているハリソン山中《やまなか》だった。

「前の晩の十時に部屋に戻ってからそのままです」

藤森が押し殺したような声で言う。張り込みの疲労が骨ばった顔ににじんでいるものの、眼光に精気がみなぎっていた。

「女は？」

本庁捜査二課から応援に来ている辰が、ほかの捜査員に代わってたずねた。前夜、ハリソン山中の部屋に二人の若い女が入ったという報告を受けていた。

「二人とも一度も出てきてません」

辰は、かたわらの同僚らにむかって無言でうなずき、階上の客室フロアへ急行した。スイートルームのドアの前に捜査員があつまり、部屋のチャイムを押してみるが反応がない。まだ寝ているのか。ホテルのスタッフにたのんでマスターキーを使おうとしたとき、部屋の扉がひらいてバスローブ姿のハリソン山中があらわれた。

「山中だな」

辰はそう言って、持参した令状をかかげた。

「お前に逮捕状が出てる」

三年前、土地の詐欺を専門に手掛けるいわゆる地面師一味が、渋谷区西原《にしはら》にある土地の所有者になりすまし、偽造書類や偽造免許証などを用意して、新宿の不動産会社から六億二千万円を騙《だま》し取る事件が発生した。

事件後、渋谷署と警視庁の合同捜査本部が設置され、警視庁捜査二課で以前から地面師事件を担当していた辰も捜査にあたることとなった。土地の所有者になりすましていた老女をはじめ、「なにも知らなかった」「自分も騙された」などと主張していた司法書士崩れや不動産ブローカーらも、地道な捜査で証拠を積みかさねたことで、逮捕・送検にこぎつけた。その後、事件を計画し、実行部隊に指示していたのがハリソン山中だと判明し、行方を追っていたが、先日ついに、高級ホテルに滞在しているという情報がもたらされ、この日ようやく身柄をおさえることがかなったのだ。

「朝早くご苦労さまです」

ハリソン山中がまるで来客でも迎え入れるかのように、軽く微笑《ほほえ》んでいる。表情に動揺の色は見うけられず、話しぶりにも余裕があった。

ほかの捜査員とともに、なだれこむように内部へ突入していく。

洗練されたモダンな部屋は、このホテルで最もグレードが高く、ゆうに二百平米を超える。ダイニングスペースのあるリビングルームやバスルームにくわえ、二つのベッドルームをそなえていた。

「……とんでもねえ部屋だな」

リビングルームの窓辺に立った辰は、眼下にひろがる浜離宮庭園を見下ろしながらつぶやいた。一泊百万円はくだらない部屋にこうして滞在できるのも、落ち度のない他人から大金を騙し取ったからにほかならない。そう思うと、胸中に言い知れぬ苛立《いらだ》ちがつのってくる。

「辰さん」

メインベッドルームにいる藤森が呼んでいる。

そちらへおもむくと、キングサイズのベッドに二人の女がぐったりした様子で寝ていた。二人とも裸だった。一人は腰にペニスバンドが装着されていて、もう一人の手元にはレズビアン用とおぼしき、湾曲した双頭のディルドが転がっている。

女性捜査員が二人にシーツをかけて、呼びかけながら揺すり起こすと、目を覚まし、辰たちを見て小さな悲鳴をあげた。髪型は異なるものの、顔が酷似している。一卵性の双生児のようだった。

辰はリビングにもどり、ソファに優雅に腰かけているハリソン山中のもとへ歩み寄った。

「いい趣味してんだな」

突き放すようにつぶやいて、相手の目に視線を据えた。

この男のことがいまひとつ摑《つか》めないでいた。令状を見せられても、大勢の捜査員に室内を捜索されても顔色一つ変えない。諦めているわけでも虚勢を張っているわけでもなさそうだった。

「やればわかりますよ、この素晴らしさが。オールドヴィンテージのブルゴーニュを口にしながら、それぞれの穴の微妙な襞《ひだ》の違いを楽しんでいるうち、渇いた心がどっぷりと愛液に浸りきり、この世に生をうけた意味が理解できます」

ハリソン山中が小指にはめた二連のリングをまわしながら、恍惚《こうこつ》とした表情でローテーブルをながめている。テーブルには、前夜の宴《うたげ》を物語るようにオードブルやワイングラスが残されていた。

「彼女たちには相応の謝礼をお支払いしてますから、刑事さんも試してみますか。ご自身の人生がいかに退屈なものか多少は理解できるかと思います」

相手の表情に喜色がうかび出ている。

「ふざけたこと抜かしてんじゃねえぞ、この野郎」

隣で見守っていた藤森が凄《すご》む。

辰は平静を保ったままハリソン山中を見下ろし、

「さっさと服着ろ。もっとうまいメシ食わしてやる」

と、乾いた声で告げた。


コンクリートに囲われた狭い取調室に、怒号がひびきわたっていた。

「黙ってねえで、なんか言えよこの野郎」

激昂《げっこう》した藤森が、スチールデスクの脚を勢いよく蹴りつける。

アルマーニの部屋着姿のハリソン山中は、パイプ椅子に腰縄でくくりつけられたまま無言で背をもたせていた。手錠は外されていて、くつろいだように伏し目がちに指を組んでいる。二連の指輪がはめられていた右手の小指は、指輪とともに義指が没収されて短く欠損していた。

ホテルのスイートルームでハリソン山中を詐欺の容疑で逮捕してから、偽造有印公文書行使、電磁的公正証書原本不実記録・同供用の再逮捕をかさね、すでに勾留延長して二ヶ月以上経《た》っている。ハリソン山中は、東京地検特捜部出身の弁護士団と連日のように接見しているものの、取り調べでは徹底して黙秘をつらぬいていた。

「藤森」

かたわらで見守っていた辰は、藤森に席をはずしてもらうよう言った。

二人きりになり、ハリソン山中とデスクをはさんでむかいあった。

「ほかの奴《やつ》らはみんなお前にたのまれてやったって言ってる。このまま黙ってるつもりか」

共犯者は誰ひとりそのような供述をした事実はないが、相手の口を割ることさえできればなんだってよかった。

手元を見つめたまま口をつぐむハリソン山中の表情に、変化らしきものは見られない。

「お前の過去を少し調べた」

辰は、付き合いのあるジャーナリストに調べてもらった情報を思い起こしながらつづけた。

「水商売をしていたシングルマザーの母親が養育拒否をして、十歳のときに都内の児童養護施設に入所」

頭脳明晰《ずのうめいせき》で、学校では学年トップクラスの成績を残し、中学の頃には廃品やグッズの転売などで大人顔負けに金を稼いでいたという。一方で、施設でも学校でも友人はおらず、いつも一人で過ごしていたらしい。

「平気な顔して嘘《うそ》ばかりつくから、ホラ中《なか》って呼ばれてたんだってな」

そう言うと、ハリソン山中の表情が険しい色に染まった、かに見えた。

「ホラ中」と名付けた施設の男子は、ハリソン山中に手足を拘束され、肛門《こうもん》から塩酸系トイレ洗剤を大量に注入されたことにより直腸が損傷し、人工肛門を造設することになったらしい。ハリソン山中は傷害罪で逮捕、起訴され、少年鑑別所を経て中等少年院に送致されている。

黙秘していたハリソン山中が、座り直し、おだやかな声で言った。

「いまはご兄弟の家に居候しているようですが、ご自宅は町田《まちだ》市の鶴川《つるかわ》ですよね？　小《お》田急《だきゅう》線の鶴川駅からバスで十分ほど行ったところにある」

意表をつかれ、言葉に詰まった。

「どうして知ってる」

ハリソン山中はそれには答えず、先をつづけた。

「リーマンブラジャーズというお店をご存じですか」

頭をめぐらしてみたが、覚えはなかった。相手の狙いが読めず、急に気持ちが落ち着かなくなってくる。

「町田の駅前にあるピンサロです」

「お前の行きつけの店のことなんて興味ない」

不安を打ち消すように語勢を強めた。とうとつに相手が風俗店を話題にした理由がわからない。

「そうでしょうかね」

ハリソン山中が不思議そうに首をかしげてから、

「勤務されてるのをご存じないんですか」

と、とぼけたように言った。

「……勤務？」

「アヤという源氏名でしたかね、娘さん。鶴川なら学校帰りに寄れるので通いやすいんだと思います」

頭の中が真っ白になる。

「出鱈目《でたらめ》言うなっ」

暴発した感情をおさえられなかった。

「私がこんなさもしい嘘をついて、どんなメリットがあるでしょう。ご教示いただけますか」

ハリソン山中がおだやかな声で言った。

なにも言い返すことができず、口をつぐんだ。思考が渦巻くように頭の中で入り乱れ、めまいすらする。そのまま席を立ち、打ちひしがれたように取調室を出てきてしまった。

ドアの外で待機していた藤森が歩み寄ってきた。

「大丈夫ですか、顔色悪いですよ。また腎臓悪くしたんじゃないですか」

曖昧な返事しかできない。吹き出した脂汗で額が濡《ぬ》れていた。

「今日は帰ったらどうですか。自分、あとやっときますんで。ずっと道場に泊まりっぱなしだと体休まんないですよ」

辰は力なくうなずき、その場を離れた。


通り過ぎざまに、さりげなく横目をむける。間口の狭い入り口から薄暗い地下へと階段がつづいているのが見える。

往復したのはこれで何度目か。いくらこうしていても埒《らち》があかなかった。

辰は、意を決して踵《きびす》を返した。

たったいま通り過ぎた店の前に、〝只今《ただいま》の料金　六〇〇〇円〟と表記されたリーマンブラジャーズの下品な看板が置かれている。

勢いのまま店の階段を降りていく。息が乱れ、心臓が痛いほど音を立てていた。長く正座したあとのように足がおぼつかなかった。

代々木署をあとにして、すぐに携帯電話で店のホームページを確認した。見ると、ハリソン山中が言っていたように、たしかにアヤという十九歳のキャストが在籍していた。ホームページに掲載されている写真は顔にモザイクがかかっていて、娘かどうかまではわからない。娘なのか、どうか。もしそうだとしたら、どの娘か。三女はまだ高校生だから、大学生の次女か、飲食店で働いている長女なのか。出勤予定を見ると、アヤは本日出勤予定となっていた——。

階段を降りきると、小さなカウンターのむこうに、見るからに胡散臭《うさんくさ》い中年の男性店員が立っていた。

「指名は？」

男が不機嫌そうに言った。

「……いや、あの、今日出勤している女性の写真見ることできますか」

声が上ずり、足がすくむ。これを確かめてなにをしたいのか、自分でもよくわからなかった。

「写真見ると、指名料かかっちゃうけど」

いく。

店員がカードケースにおさめられた写真の束を取り出し、カウンターに順にならべていく。

「いますぐいける娘だと、この三人《こ》」

辰は、三枚の写真に視線をそそいだ。いずれも知らない顔だった。

「それと……」

店員がカウンター内の壁でなにかを確認してから、

「十五分待てるんなら、ルミさんと……アヤさんもいけるかな」

と、追加で二枚の写真をカウンターにならべる。

〝アヤ〟とラベルが貼られた写真に目が吸い寄せられた。呼吸が止まりそうだった。

白いワイシャツを羽織った下着姿の次女が、両手で膝をかかえながら床に腰をおろし、カメラにむかってひかえめに会釈している。

無自覚のうちに、写真を手にとっていた。嘘であってほしかった。

「アヤさんね。何分コース?」

「いや……」

ふと目をやると、黒いカーテンの隙間から内部の様子が見えた。薄暗い室内にミラーボールに弾《はじ》かれた光が散乱し、大音量のダンスミュージックがかかっている。時折、音楽にまぎれるように、キャストらしき女性の笑い声が聞こえていた。

「えー、四番シート四番シート。アヤさんアヤさん。五分前がんばって」

店内アナウンスが聞こえ、我に返った。

「ちょっと、すみません」

辰は慌てて写真をもどすと、逃げるように階段をのぼっていった。


一週間分の汚れ物を自分専用の洗濯カゴに入れ、リビングの戸を開けた。

貿易会社で経理をしている兄はまだ帰宅していないらしい。兄嫁がソファに座ってテレビを観《み》ている。

「いきなり帰ってこられても、ご飯ないけど」

兄嫁の声に、わずかながら非難の響きがふくまれている。

妻と衝突し、兄夫婦の家に転がり込んだのは、半年以上前のことだった。当初は一、二週間のつもりだったから、兄嫁が迷惑がるのも無理はない。

「義姉《ねえ》さん、すみません。もう食事は済ませてきたんで、大丈夫です」

食欲はなかった。

「洗濯物、洗濯機に入れてない？　洗濯カゴにちゃんと入れた？」

「はい、入れました」

辰は神妙にうなずき、玄関脇にある四畳半の和室に入った。かつての甥《おい》の部屋で、現在は生け花が趣味の兄嫁の部屋を使わせてもらっている。

寝袋の脇にあぐらをかき、途中で買ってきたシーチキン缶をつまみにビールを口にする。いつもなら身にしみる酒も、苦いだけで少しも美味《おい》しく感じられない。

缶ビールをかたむけながら、つい考えてしまうのは次女のことだった。大学に通っている次女は、どのような事情があって風俗店などで働かなければならないのか。三人姉妹の中でもっともおとなしく、自分のことよりも他人を優先するようなところがあるが、別居中で顔をあわせていないからわからない。別居前でも、仕事が忙しくほとんど家に帰っていなかったからわからなかった。家には変わらず金を入れているとはいえ、兄夫婦にも生活費をわたしているために、前ほどの金額にはいたっていない。次女が風俗店に勤める事情のいくらかは別居のせいにちがいなかった。

辰は、壁掛け時計に目をやった。まだこの時間なら帰ってこられそうだった。部屋を出て、リビングに顔を出す。

「すみません、ちょっと出かけます」

そう告げると、兄嫁はテレビに顔をむけたまま、わずらわしそうに片手をあげた。

最寄り駅から新宿で乗り換え、さきほども乗った小田急線にふたたび身を入れる。帰宅時間とかさなり、ほかの乗客と押し合うほどに車内は混雑していた。

辰はドアに身をもたせ、窓の外に目をむけた。

夜陰につつまれた住宅街がどこまでもひろがり、密集した家々にぽつぽつと明かりがともっている。時折、電車が大きく揺れ、ほかの客が後ろからのしかかってくる。ドアに体を押しつぶされながら、じっと街の光を見つめていた。

鶴川の駅で下車し、バスに揺られた。徐々に自宅が近づいてくる。気が重かった。来なければよかったという後悔が繰り返し去来していた。

停留所でバスを降り、鉛のような足で見慣れた夜道を歩く。角を曲がった先に、ローンで買った二階建ての自宅が見えてきた。居間の窓は明かりがともっているが、通りに面した二階の次女の部屋は電気が消えている。

門扉の前に立つ。ためらいがちにチャイムに手を伸ばしてみたものの、怖《お》じ気《け》づき、引っ込めてしまった。やはりやめようか。

踵を返そうとして、シャツを羽織って下着姿で会釈する次女が脳裏をかすめた。どことなく不安そうな顔だった。

辰は、迷いを振り払ってチャイムを押した。

しばらくして門扉のむこうに見える玄関の電灯がともった。玄関のドアがひらき、怪《け》訝《げん》そうに妻が出てきた。

「なに……いきなり」

あからさまに不快そうな感じに、まごついてしまう。もしかしたら……という淡い期待はあっさりと打ち砕かれた。

「近く、通りかかってな」

門扉の前に立ったまま言った。歓迎されないのは承知の上だった。

妻と不仲になった直接の原因はいまも判然としない。朝も夜もなく、平日と休日の切れ目もない、刑事というヤクザな仕事に追われ、家のことをすべて妻に押しつけてきた結果なのかもしれない。気づいたときには、妻に離婚を切り出されていた。どうにか説得し、ひとまず別居することで離婚を待ってもらっていた。

「来るときは、前もって連絡してって言ったよね」

妻がとがった声を出し、眉間に皺《しわ》を寄せている。

「……するつもりだったんだけどな」

辰は所在なげに視線を落とし、ふたたび妻の顔にもどした。

「みんな、変わりないか」

次女のことを訊《き》きたかった。妻はどこまで知っているのか。

「一緒。なんも変わりないけど」

なにも知らないのかもしれない。

「いろいろ……思うところはあるんだろうけど、ずっと俺なりに反省してきたんだ」

辰はそこまで言うと、ほんの少しためらって、

「もう一度……やり直さないか。あいつらのためにも」

と、言った。

妻が足元に視線を落とす。思い詰めたように沈黙している。顔を伏せたまま口をひらいた。

「……帰って」

拒絶の意思をはっきりとしめす冷淡な言い方だった。

「そうか。わかった……」

諦めてその場を離れ、来た道に足をむける。

背後で女性の言い争う声がしたかと思うと、門扉をひらく音のあとで足音が近づいてきた。

「お父さん」

なつかしい声だった。

振り返ると、すぐそこに次女が立っていた。街灯に照らされた表情は、風俗店で目にした写真のそれと違い、切迫している。

「行っちゃうの？　お父さんの家だよ」

胸が張り裂けそうだった。溢《あふ》れ出しそうな感情をこらえ、頬をゆるめた。

「元気でやってるか」

次女が、泣き出しそうな顔でうなずく。

「また来るよ」

辰はそう明るく言って、踵を返した。

その場に立ち尽くす次女の気配を背中に感じる。振り返りたい衝動を必死におさえこんだ。

一歩踏み出すたび、激しい後悔と自責の念が襲いかかってくる。次女に対する謝罪を口中で繰り返しながら、足早に夜道をすすんだ。

厚みのある揚げたてのかき揚げを箸で押しつぶし、熱いつゆに軽く浸してから口にはこぶ。減退していた食欲がいくらかもどっているのがわかる。つゆに沈んだ蕎麦《そば》をすくい上げ、額に汗を浮かべながら音を立ててすすった。

署内に食堂のない代々木署にいるときは、初台《はつだい》まで歩き、この立ち食い蕎麦屋で昼食をとるようにしている。にしん蕎麦にするか、かき揚げ蕎麦にするか悩ましく、券売機の前に立っても迷ってしまうのが常だが、それもまたささやかな楽しみのひとつだった。

つゆをすべて飲み干し、爪楊枝《つまようじ》を使いながら携帯電話を見ると、次女からメッセージがとどいていた。前夜のことがあったからだろう。こちらの体を気遣う内容だった。自宅の前で呼び止めてきた次女の、あのなんとも言えない悲痛な顔があらためてよみがえってくる。

返信しようとしたときだった。

署内にいたはずの藤森が血相を変えてやってきた。

「辰さん」

「どうした」

嫌な予感がし、心臓の鼓動が激しくなる。

「ハリソン山中が不起訴になりました」

「なんでだ」

丼を返却台にもどし、署へ急行した。

署内では情報が錯綜《さくそう》していた。自白はとれなかったものの、いちおうの証拠は揃《そろ》っている。不起訴の理由がわからず、検察に問い合わせても「総合的に判断した」と返ってくるのみだった。

「ハリソン山中が出ます」

藤森とともに、玄関へ降りた。

初夏の日差しが照りつける中、外で待っていると、釈放されたハリソン山中がボストンバッグを手に提げて出てきた。見慣れたアルマーニの部屋着ではなく、麻の半袖シャツにゆったりとした若草色のスラックス姿だった。右手の小指に義指と二連のリングがもどっている。

「お世話になりました。評判の臭いメシをもっと堪能したかったので、こうなってしまってとても残念です」

落ち着いた声をひびかせながら、ハリソン山中が口元をゆるめる。

「調子乗ってんじゃねえぞ、この野郎」

藤森が凄む。

辰は、眼前を通り過ぎる長身の地面師を無言でにらみつけていた。

「そうだ」

ハリソン山中がなにかを思い出したように足を止め、振り返った。

「リーマンブラジャーズのアヤさんは、今日は出勤でしたか」

頭の中で真っ白な閃光が炸裂《さくれつ》した。

「てめえ、ぶっ殺してやるっ」

ハリソン山中に突進する。

「辰さん」

藤森におさえられ、そのまま羽交い締めにされた。

「離せっ」

力ずくで振りほどこうとする。腕力の差がありすぎた。

愉快げに辰をながめていたハリソン山中が、満足したように身をひるがえす。遠ざかっていくその背中を、藤森の腕の中でもがきながらにらみつづけていた。

ランチビール

後藤（法律屋）

二〇一〇年七月二日

昼下がりの店内には弛緩《しかん》した空気が流れていた。近隣のオフィスワーカーたちがまばらに腰をおろし、静かに食事をとっている。

コップの水を一気飲みした後藤《ごとう》は、四十を過ぎていちじるしく生え際が後退しはじめた額の汗をハンカチでぬぐいながら、眺めのいい窓際のいつもの席でメニューをにらんでいた。

「ビフテキでビールといきたいところやけど、あわせて千八百五十円は破産コースまっしぐらやわ」

司法書士試験に合格してからほぼ二十年世話になっている事務所の給料は決してじゅうぶんとは言えず、八年前に購入したマンションの住宅ローンもいまだ重くのしかかっている。

結局、この日も日替わりランチに落ち着き、注文を済ませてスポーツ新聞を手にとった。一面には、先月地球へ帰還したばかりの小惑星探査機「はやぶさ」をめぐって、早くも映像化企画が立ち上がっているという憶測記事が、派手な見出しとともに掲載されている。

「なんでもかんでも映画にしたらええってもんちゃうやろ」

店員に案内されて、隣の席に客がやってきた。

「生ビールと、エビフライもお願いします」

常連らしい。単品で千八百円もするエビフライを、メニューも見ずに注文している。見た感じでは、五十代半ばくらいか。長身で、裾を出した麻の半袖シャツにゆったりとした若草色のスラックスをあわせ、足元はレザーのサンダルだった。どこかのリゾートにいそうな出立《いでた》ちで、とても勤め人には見えない。

「真っ昼間からえらい景気ええなぁ」

心に思ったことは、あと先考えずつい口にしてしまう。

「長いこと籠ってまして。禁欲明けはここでビールとエビフライって決めてるんです」

「そら、ええな。禅寺で内観でもしてきたんか」

嫌な顔ひとつしない男の返答が心地よかった。

「迷惑でなければ、一杯ご一緒しませんか。ご馳走《ちそう》させてください」

恩着せがましさを少しも感じさせない自然な誘いが、自制心をぐらつかせる。このあとも客先の約束が入っていた。

「いや、気持ちだけもろうとくわ」

どうにか言ったが、男はそれを無視して店員を呼んだ。

ほどなくやってきたビールで男と乾杯すると、後藤はうっすら結露したグラスに唇をつけ、喉を鳴らしながら口に流し込んだ。

「つまい。夏はビールに限る」

ビールの冷たさとは裏腹に、内臓がほんのり火照る。この暑気にすっかりやられた体を癒してくれるようだった。

「景気はいかがですか」

テーブルにグラスをもどした男が、旧知の間柄のような口ぶりで言う。

「ウチは昔からのお得意さんのおかげで、景気はそんな影響せえへん」

「開業されて長いんですか」

質問の意図がすぐにはわからなかったが、座席に放りっぱなしにしていたかたわらの封筒を見られたらしい。角2の封筒には、事務所名が大きく印刷されている。悪気のない相手の誤解が気恥ずかしかった。

「いやいや、ただの雇われやわ」

汗のにじんだ額をなであげてから、つづけた。

「そやけど、小さい所帯やし、二十年もおると所長みたいなもんよ。実際所長ももう歳《とし》やし、俺がおらんと仕事なんかようまわらん」

そこまで言って、ふと相手のことが気になりはじめた。

「おたくは、なにしてはるん？」

見ると、男は口元に微笑をたたえながら、グラスの底に残ったビールを愉快そうにながめていた。


客先からもどってきて、雑居ビルの三階にある事務所のドアを開けると、汗みどろの後藤の体を冷気がつつみこんだ。

「生き返るー。ほんま、この暑さはあかんわ。人間が住む環境ちゃうやろ」

こちらが帰ってきたことなど気にも留めず、事務員のアミが気怠《けだる》げな表情でパソコンのディスプレイを見つめている。
五、六年前に入所してきたときはまだ彼女も三十代前半で、屈託ない笑顔を見せてくれていた。いまではスルメイカの干物のような面を一日中ぶら下げるようになってしまったが、それもまた内面の深みがあらわれているようでいじらしい。
「アミちゃん。ごめんけど、大至急、冷コーお願い。キンキンに冷えたやつ。こないだ俺が買《こ》うてきたの、まだあるやろ」

自席にもどろうとしたところ、年甲斐《としがい》もなく流行《はや》りの携帯電話《iPhone4》をいじっていた所長が顔をあげた。

「後藤くんさ。週明け、お客さんところ行くよね？」

「月曜日、コカラ不動産さん入っとるわ。今度の築地《つきじ》の件で」

コカラ不動産は、自分が新人のときにはじめて担当した顧客だった。決済はほとんど任せてもらっているうえ、創業社長とは歳も近く、ともに成長してきた自負もあって思い入れが強い。

「前にもちょっと話したけど、洋文《ひろふみ》、月曜からウチで面倒見ることになったから、連れてってあげてよ」

都内の大手事務所で華々しく司法書士のキャリアをスタートさせた所長の息子がこちらに移籍するかもしれないと聞かされたのは、つい先日のことだった。

「やっぱり来ることになったん？」

業界でも屈指の高待遇で、大手でしか扱えない案件もあるため、わざわざ移籍するメリットは多いとは思えない。実際、本人も迷っていると聞いていた。

「考えが変わったらしい」

「そら、楽しみやわ。いろいろ教えてあげなあかんな」

人が増えて、事務所が賑《にぎ》やかになるのは大歓迎だった。それが所長の息子なら申し分ない。

りはじめた。

「オヤジ、まかしとき」

所長は、なにも不安などないと言うかのようにふたたび携帯電話の画面を親指でなぞ

五杯目のハイボールを呑《の》みきると、いくらか酔いがまわってきた。後藤はカウンターに肘をつきながら、苛立った目を腕時計の文字盤に落とした。最初のボーナスで買った国産の機械式は、セット料金の終了時間まで残り十五分ほどしかないと正確に告げている。


ほかの客にかかりきりになっていた好みのキャストがようやくもどってきた。

「ランちゃん、遅いわー。ずっと待っとったのに」

冗談めかして言ったつもりなのに、カウンターのむこうに立つランはニコリともしない。

「後藤さん、ごめんね。今日は女の子少なくて」

つれない態度ながら、それでも気を利かせて新しいハイボールを作ってくれる。

「ランちゃんは、なんでずっと恋人作らへんの？　学校とか出会いあるやろ」

ハイボールを口にして、それとなく訊いた。まだ若いのに、夜の世界に染まってしまうのはあまりにも惜しいと思った。

た。

「なんや、それ。いま作らんでいつ作んねん」

それで助言を終えるつもりが、反応の薄い相手の表情を見ていると我慢できなくなっ
まるで他人事《ひとごと》のような口ぶりだった。

「いまは別に要らないかな」


「いまが人生の花やろ。いま逃したら、シワクチャになってブクブクになって、誰にも相手にされん妖怪になるだけやん。悪いこと言わんから、いまを大事にせなあかん。人生、あっちゅうまやで」

熱意を込めて諭したが、どれだけつたわったか。たとえ無駄だったとしても、善行を積んだような満ち足りた気分だった。

「妖怪になったら、後藤さんみたいなオジサンしか相手にしてくれないもんね」

「そうしてあげたいとこなんやけどなぁ。でもあかんねん、これだけは裏切れんねん」

後藤は苦笑しながら、左手の薬指にはまった指輪を見せた。

「私も、もう一杯もらっていい？」

ランが媚《こ》びた表情でこちらをうかがっている。

小遣いはわずかで、妻子のためにも無駄な金は使えない。

「今夜はほんまごめん。今度な、今度」

腕時計に目をやると、セット料金の終了時間と門限がせまっていた。

「あかん、もう帰らな。最後、『オールナイトロング』歌って行くわ。ランちゃん、入れてくれる？」

ほかの客のところへ行こうとするランを引き止め、カラオケのリモコンをもたせた。

「誰の曲だっけ？」

「それ忘れたら、あかんやん」

後藤は、残りのハイボールを呑み干してからマイクを握り、

「人生《じんせい》」

と、厳かな声で喉をふるわせた。


酒でおぼつかなくなった足を引きずるようにして歩き、ようやく自宅マンションまでたどり着く。後藤は、酔い心地のまま玄関の扉をあけた。

「人生が右にも左にも寄っちゃうー」

気持ちよくシャウトしながらギョウザ靴を脱いでいると、リビングの左手前にある部屋の扉が勢いよく開いた。この春に中学二年生となった一人娘の穂香《ほのか》の自室だった。

「うっせんだよ。エセ関西弁のハゲジジイ」

穂香の目が吊《つ》り上がっている。反抗期に入ってからずっとこの調子だった。いくらか

寂しい気持ちになるが、誰もが通過する道で、いまはやり過ごすことしかできない。

「そんな怒らんでもええがな。男っちゅうのは、人生があちこち寄っちゃうもんなんや。穂香も、そのうちわかる」

なにか言い返そうとしているように映ったが、穂香は憤然と自室にもどっていった。

リビングに入ると、ソファでテレビを見ていたらしい妻の景子《けいこ》がこちらにかたい視線をおくっている。

「ちょっと、静かに帰ってきてよ」

今夜もまたご機嫌斜めらしい。

「そんなん言うたかて、親子の大事なコミュニケーションやん」

酒を呑みすぎたせいか、空腹を感じる。キッチンのガス台に置かれた鍋をのぞくと、東京風の真っ黒な汁にうどんが沈んでいた。

「こんなんせんでも、言うてくれたら琥珀《こはく》色に透き通ったおいしい出汁《だし》ひいたったのに」

うどんが好物だからといって、なんでもいいわけではない。

「それ、アンタのじゃなくて、アタシの明日のお昼ご飯だから」

景子の無慈悲な言葉に、冷水を浴びせられた思いだった。

仕方なくダイニングテーブルの椅子にどっかり腰掛けると、朝からはきっぱなしだった靴下を脱いで隣の椅子の背にかけた。

「ね、その汚い靴下。いつも言ってんでしょ」

またも小言が飛んでくる。

「わかってるて。一時的に置いてるだけやん」

申し訳なさそうに景子をなだめ、ティッシュに手をのばす。鼻の通りが悪く、異物感があった。

「それと、夏期講習。締め切り迫ってるんだって」

話に耳をかたむけながら、鼻孔に人差し指をねじこんでいく。

「なんでアタシが真剣な話してんのに、鼻糞《はなくそ》ほじってんの？　ほんと嫌」

細かなことで目くじらをたてる景子が愛らしかった。

「夏期講習もええねんけどな。どんくらい効果あるんかわからんやろ、実際。拝金主義におちいった塾の闇や」

首都圏を中心に展開する学習塾の夏期講習を受講したいと言い出したのは、穂香本人だった。中学校の成績は真ん中よりやや下くらいで、自分からすすんで勉強しているところなど目にしたことがなかったから、娘の心変わりには驚かされたし、素直に嬉《うれ》しかった。当初は娘の要望を全面的に支持し、応えるつもりでいたが、夏期講習のパンフレットを見て考えをあらためた。特訓コースの費用はテキスト代をふくめて十二万円だという。たかだか中学生の講習としては法外な値段としか思えなかった。

「でも、穂香は行きたがってるんだから、それくらい行かせてあげたら？　どっか旅行に連れてってあげるわけでもないんだし、アンタがお酒やめればいいだけなんだから」

後藤は言葉に詰まった。

毎週金曜日だけ、仕事帰りの外食を許してもらっている。趣味はなく、それがほとんど唯一の楽しみであり、息抜きだった。

「要するに、大事なんは成績向上ってことやろ。ダイジョウブ、その件は心配いらん」

いい解決策が頭に浮かび、気分が楽になる。

後藤がテーブルの籠に入っていた菓子パンに手をのばしていると、景子が打って変わって、

「今日、担任の先生から連絡あったの」

と、押し殺した声で言った。

見れば、厳しい表情をうかべながら穂香の部屋の方を気にしている。

「忘れ物でもしたん？」

穂香の担任は五十代の男性教師で、愛情をもって生徒の指導にあたっていると聞いている。月に一度配られる、担任自身による手書きのクラス新聞を何度か読んだが、そこには教育観とその人柄がにじみ出ていた。その担任がどうして連絡をしてきたのか。

「いじめ」

思いがけない言葉を耳にし、菓子パンを食べる手を止めた。

「誰にやられたんや」

自然と語気が強まる。

さきほど目にした、神経質に声を荒らげる穂香の顔が脳裏をよぎっていく。学校で理不尽な仕打ちをされていると思うと、胸が張り裂けそうだった。

「逆」

言っていることがわからない。

「いじめてるんだって。穂香が」

それを聞いて、肩の力が抜けた。

「お前、なに寝ぼけたこと言うてんねん。穂香が、んなことするわけないやろ。冗談もたいがいにせえや」

出鱈目な話を真に受けている景子の素直さがおかしかった。

「知らないわよ。アタシだって、先生からそう言われただけなんだから」

「子供の喧嘩《けんか》なんてな、被害者ぶるやつがおんねん。先生に泣きつくアホが。そんなん、いちいち相手にしたらあかんて」

気がゆるみ、あくびが出てくる。

「風呂入るわ、アホらしい。お前も、いつまでもテレビ見んと、もう寝よ」

後藤は、少しも納得していない景子を置いて風呂場へむかった。


「ほな社長、今度の決済よろしゅうお願いします。それから、呑みの件も」

エントランスで踵を返した後藤は、見送りにきてくれたコカラ不動産の社長と部下に深々と頭を下げた。視界の端に、隣で申し訳ばかりに低頭している洋文が映っている。苛立ちがつのり、眉間に皺が寄っているのが自覚される。

この日、所長の頼みを聞き入れて息子の洋文を客先に同行させたが、終始この調子だった。無愛想で、覇気がとぼしい。気を回してくれた社長から話を振られても、小さな声でぼそぼそと短く返す。ガールズバーの不貞腐《ふてくさ》れたキャストでも、もう少しましな応対をするはずだった。

エレベーターホールまで社長が見送りにきてくれた。

「ええって、ええって。見送りなんていらんですって。もうええでしょ。行ってくださ い」

カゴに乗り込んだ後藤は、とびきりの営業スマイルを作ったまま頭を下げつづけた。洋文がそれに倣う様子はない。

ドアが閉まり、カゴが下降していく。

後藤は、おもむろに顔をあげた。

「洋文くんな。あんまり説教臭いのは趣味ちゃうけどな、そやけど、挨拶だけはちゃんとしよ。社会人として。基本的なことやけど、おろそかにしたらあかん」

なるべく不満が声にあらわれないよう気をつける。最初が肝心だった。

「わかってます、自分も社会人そこそこ長いんで」

可愛《かわい》げのない淡々とした表情で、素直とはほど遠かった。

「全然わかってへんて。あの社長さんはな、そういうの一番大事にすんねん。だから、ウチに仕事ずっとくれてんねん」

社長に対しても、義理を欠いたようで申し訳が立たない。

「わかってますって」

「あんな、大手でどういうやり方してきたか知らんけど、ウチでやってくんなら、洋文くんもウチのやり方覚えてもらわんと――」

後藤は口を動かしながらも、自分に聞こえないようなさりげなさで洋文が舌打ちしたのがわかった。

「それにな、結婚指輪以外の指輪はあんません方がええよ。時計も派手なのは目につくし」

ミュージシャンでも気取ったみたいな長髪もいただけなかったが、それを言ってしまうと、寂しくなった髪をいたずらに伸ばし、ポマードでなでつけている自分をも否定することになってしまう。

いつかは指摘しなければならなかったとはいえ、少し大人げなかったかもしれない。予想に反して、口をつぐんだ洋文からはなにも返ってこない。重苦しい空気が流れていた。

エレベーターが一階に到着し、ドアがひらく。

先にカゴを降りた洋文が足を止めた。

「後藤さんだってポマード臭いし、口も臭いじゃないですか。それこそ、社会人の基本ですよ」

唖然《あぜん》として言葉が出てこない。

「次からは気をつけてくださいね」

まるで主従が逆転したかのようにそう言い置いて、洋文が駅の方へ足をむけた。

事務所にもどると、階下の喫煙室に立ち寄った洋文を横目に、後藤は所長のもとへ急行した。

「あれは、ちょっと大変やで」

「どうした」

パソコンのディスプレイを見つめたまま所長が言った。

「仕事のむきあい方っちゅうか、クライアントに対するスタンスっちゅうんかな」

「洋文のことか」

後藤は要点だけかいつまんでつたえた。

「後藤くんの言い分も理解するけど、まぁ、そこはじっくり焦らず、落とし所模索しながらやっていこ。僕もバックアップするし、洋文にも言っとくからさ」

腑《ふ》に落ちなかったが、これ以上どうすることもできない。仕方なく席にもどると、自分宛ての電話が事務員から転送されてきた。

「アミちゃん、どちらさん？」

名前を聞きそびれたのか、首をかしげている。既存顧客なら会社名くらいわかりそうなものだった。

後藤は、保険か不動産の営業だろうと勘繰りつつ、自席の固定電話の受話器を取った。

「山中《やまなか》です」

受話口から聞こえてきたのは、折り目正しい男性の低声だった。

「山中さん……」

顧客の中に山中という名の担当者はいないし、友人や知人の中にもいないはずだった。

「先日、神田《かんだ》のランチョンでマルエフをご一緒させていただいた山中です」

それでわかった。あの日はビールだけでなく、日替わりランチの代金も払ってもらい、そのまま気持ちよく別れた。まさか、あの日の費用を請求するために電話をよこしてきたわけではないだろうが、だとしたらどんな用件か。

「ランチまででしたら、マルエフまた呑みませんか」

「いやぁ、たまらん。ランチのビールっちゅうのは、なんでこんなうまいんやろな」

洋文の件で朝から嫌な思いをしたが、それも、冷たいビールの喉越しとともに洗い流されていくようだった。

「背徳の味ですね」

前回は隣の席だった山中が、テーブルのむこう側でグラスをかたむけている。

「こないだにつづいてなんか悪いなぁ」

そう口では言ったものの、ビールの誘惑にあらがえず、ためらいもなく残りを呑みきってしまう。

「ハンバーグも来るので、もう一杯いきませんか」

山中は、こちらの返事も待たず店員を呼んだ。

「で、どないしたん」

後藤は追加のビールに口をつけ、挑むように切り出した。山中と落ち合ってからタイミングを見計らっていた。

「まさか、ほんまに近くを通りかかって連絡したわけじゃないやろ」

グラスをテーブルにもどす山中の目に、含みのある微笑が浮かんだ。

「後藤さんに、下手な誤魔化しは効かないようですね」

「事務所のエース言うたやろ」

後藤は、さりげなく相手の腕時計を瞥見《べっけん》した。詳しくはないが、それでも本物なら高級車が買えてしまうほどの贅沢《ぜいたく》品ということぐらいはわかる。仕事はいろいろと手掛けているらしく、世間的にはいわゆる実業家ということになるのだろうが、その枠組みではおさまりきらない摑みどころのなさがあった。

「今度、都内の不動産の売買に携わることになったので、手伝ってくださる司法書士を探してるんです」

もっと突飛なことを頼まれるかと思っていたから、いくぶん拍子抜けした。

「そんなん、なんぼでもおるやろ」

司法書士にもそれぞれ得意領域があるとはいえ、弁護士みたいに実力の差が露骨に成果にあらわれることは基本的にはない。乱暴な言い方をすれば、誰に依頼しても同じはずだった。

「通常ならそうなんですが、今回の件は所有者の方に少々込み入った事情がありまして」

こちらの反応を探るような感じだった。後ろ暗いことがなければこうはならない。

「要するに、不正に加担せえ言うてんのか」

品位保持義務は司法書士の一丁目一番地だった。すべての司法書士は常に品位を保持し、業務に関する法令および実務に精通し、公正かつ誠実にその業務を行う義務を課せられているが、残念ながら毎年その義務に違反するものがあとを絶たない。定番のスピード違反や飲酒運転による懲戒処分はまだかわいい方で、タチが悪いのは債務整理や相続がらみで管理していた他人の金を横領したり、依頼人や関係者をあざむいて不動産の所有権を不正に移転したりするものだった。そういう連中は、司法書士の面を被《かぶ》ってすんで犯罪に手を染める悪人でしかないが、おそらく不正の端緒は、山中のような素性不明の怪しい男からの誘いも少なくないにちがいない。

「そうは申し上げてません。善意の第三者として形式的に処理してくださいとお願いしてるだけですから」

「同じことやないか」

白けた気分だった。せっかくのビールも急に不味《まず》く感じられてくる。

つい先日も、受任した不動産の所有権移転登記で本人確認をおこたったとして、業務停止処分を受けた司法書士がいたが、邪推すれば、誘惑に負けて意図的に確認しなかったのかもしれない。

「相応の謝礼はお支払いいたします」

山中が悪びれることなく言う。

「んなもん、金の問題ちゃうで。十万二十万余計にもろたかて――」

「三百万」

心臓が音を立てて激しく動いた。

そのような大金を一度に手にしたことはなかった。毎月給料からわずかずつ蓄えにまわし、何年もかかってようやく到達する金額だった。

「いかがでしょう。お嬢さんもいるとなれば、なにかと入り用がかさむんじゃないですか」

「……なんでそれを」

山中が右手の小指にはめたリングをまわしながら、曇りのない表情でこちらを見つめている。

穂香の存在を知っているとしたら気味が悪いが、もし三百万円あったら、穂香の夏期講習はもちろん、今後必要になる学資や住宅ローンの残債の足しにもなってくれるはずだった……。

「断る」

後藤はきっぱりと言いきると、財布から抜きだした五千円札をテーブルに置き、立ち上がった。

「雇われやけどな、二十年やってきた矜持《きょうじ》くらいあんねん」

出口へむかい、背中に意識をあつめたが、山中の声は聞こえてこなかった。

どの顔も疲労の色が濃い。彼や彼女らの人波に流されるように後藤は重い足を引きずって駅舎を出た。ふだんの帰宅時間より遅い夜中の駅前は、昼間の蒸し暑さが残り、閑散としている。

最終バスの時刻はとうに過ぎていた。できればタクシーを使いたかったが、タクシー乗り場を見れば、とぼしいタクシーをめぐってすでに行列ができている。それに、家族のことを思えば、安易にタクシーを使うのはためらわれた。

後藤は、なにも考えずに歩けば二十分、急いで歩けば十五分の家路に足をすすめた。

東京との都県境に位置するこの街に住むことになったのは、妻の意向を汲《く》んでのことだった。最初は、駅至近で、職場のある新橋から電車で一本で行ける都内のマンモス団地を購入するつもりだったが、築年数の古さや団地を嫌った妻の一言で、いまの新築のマンションに落ち着いた。後悔はない。妻子がよければそれでよかった。

早足で夜道を歩くにつれ、額から汗が吹き出してくる。汗で流れ出たポマードの香りが体臭と混ざって不快だった。

疲労が気持ちの余裕をうしなわせるのか、無性に腹が立ってくる。せめてもう少し早く帰れたらと思った。

昨日、所長に呼ばれ、業務報告書と業務計画書の提出を求められた。これまで二十年事務所で仕事をしてきて、そのようなことを言われたことはなかった。困惑して理由をただしても、いまひとつ要領を得ず、とにかくすぐにやってほしいとしか言わない。A4一枚でお茶を濁そうとしたら、形式まで指定されて残業を背負《しょ》い込む羽目になってしまった。

今夜は、穂香のためにもなるべく早く帰りたかった。

右手に食い込むくたびれた黒革の鞄《かばん》がいまいましい。それでも、左手に提げた紙袋の重みを意識すると、どんよりした胸内も軽くなってくる。後藤は、自分を叱咤《しった》しながら先を急いだ。

自宅に着くと、リビングで景子がテレビを見るでもなくソファに腰掛けていた。

「遅なった」

空調の冷気が汗まみれの体に心地いい。

「所長が業務報告書作れとか、アホなこと抜かしてほんま参ったわ。前は少しもそんなん言わんかったのに」

後藤は冷蔵庫に直行し、麦茶をコップにそそいだ。

「……こないだの話なんだけど」

麦茶を飲み干して景子の方に顔をむける。

「なんや、こないだの話って」

「穂香のいじめの」

またあの出鱈目な話を蒸し返されるのは面白くない。些細《ささい》なことをいつまでも引きずるのは景子の悪い癖だった。

「まだそんなこと言うとんのか」

疲れのせいで、ついきつい口調になってしまう。

「そんなことって、なに言ってんのよ。あっちが被害届出すとかどうとか言ってきてんのに」

被害届というおだやかならない言葉を耳にし、頭に血がのぼった。

「そら、さすがに図に乗りすぎやわ。学校はなんて言うてんのや」

「来週、呼び出されてる」

消耗しきったように、景子が沈痛な面持ちで手元に視線を落としている。

自分の出番だと思った。夫としてなんとかしてやりたかったし、家長としてなんとかしなくてはならなかった。

「よっしゃ。俺が行ったる」

「やめてよ」

景子の悲痛な訴えがリビングにひびく。

「ややこしくするだけなんだから」

「ええから、ええから。お前はなんも心配せんでええ。まかしとき」

交渉事に慣れていない景子にまかせるより、自分が直接話をした方が解決が早いし、景子の負担も少なくて済む。

「それなに」

景子が、ダイニングテーブルに置きっぱなしにしていた紙袋に視線をそそいでいる。

昼休みの時間を割いて、近くの本屋で吟味のすえ選び抜いた参考書だった。各教科分そろっていて、オーソドックスだが基本と要点をおさえた内容は、下手な塾の教材よりよほど充実している。

「穂香に買うてきたんや。部屋におるんか」

「お風呂」

ちょうどリビングの扉がひらき、髪を濡らした穂香があらわれた。

「ええとこに来た。これ、参考書や」

後藤は、穂香が苦手な数学の参考書をひらきながら、

「これ見てみ。これやっとけば間違いないから。進捗管理シートも作ったったし、学年

一番も射程範囲やで」

と、相好を崩した。

穂香に手渡したところ、参考書の表紙を見つめたまま、中をあらためようともしない。

「どないしたん」

対象学年を間違えたかと焦ったが、そんなことはなかった。

「こんなん要るかよ」

とつぜん癇癪《かんしやく》を起こして床に投げつけたかと思うと、進捗管理シートも破り捨てた。

「なにすんねん」

驚いて穂香に顔をむけた。

なぜなのか、涙を流している。そのまま無言で自室にもどっていく。助けを求めて景子を見れば、うんざりした表情の中に失望の色がにじんでいた。


爽やかな朝日が、電線が横切る窓から室内に差し込んでいる。

後藤はひとり自席に腰を落ち着け、この日予定されているコカラ不動産の決済の準備をしていた。事務所にはまだ誰も出勤しておらず、仕事に集中できる静かなこの時間が嫌いではなかった。

根気はいるものの、不備がないかひとつずつ書類を細かく確認していると、昨夜の穂香の一件もさほど気にならなくなってくる。例のいじめの問題で彼女の神経が高ぶっているのはあきらかだった。今度の学校側との面談でそれが解決すれば、彼女の精神状態も本来のおだやかな形にもどるはずで、そうなれば参考書にも主体的に取り組んでくれるにちがいなかった。

しばらくして、所長が洋文とともに出勤してきた。打ち合わせでも入っているのかもしれない。珍しく顧問の弁護士も一緒だった。

「後藤くん、ちょっといい」

所長の声だった。

「オヤジ、ごめんけど、あとにして。今日、コカラの決済やねん」

後藤は、書類に目を落としたまま言った。集中力を切らしたくなかった。

「すぐ終わるので」

あらたまった言い方が気になった。

顔をあげると、所長が応接室の入り口で手招いている。

所長との打ち合わせは入っていないし、急を要するような案件もない。疑問をいだきつつも応接室に入ると、所長のほかに洋文と顧問弁護士もならんで座っていた。

「どないしたん」

当惑しながら椅子に腰をおろし、三人とむかいあう。室内に張り詰めた空気が流れてた。

「悪いね。じつは、前々から考えてたことなんだけど」

所長はおもむろに切り出すと、隣で太々《ふてぶて》しそうに背をもたれさせている洋文を一瞥した。

「これに、事務所の経営権を譲ろうと思って」

「経営権？」

思いもよらない話だった。

所長はかねがね生涯現役をつらぬくと公言してはばからなかったし、二人で酒を酌み交わしたときは、最後はお前に事務所をたくすから、と赤らんだ顔でこぼすのが常だった。洋文が事務所に来ると決まったときも、あくまで修業の一環として一時的に籍を置くだけで、ゆくゆくは独立すると聞いていた。

「譲ろうと思うというか、正確にはもう譲った」

まるで別人のように所長がきまり悪そうに言う。終始うつむきがちで、目を合わせようとすらしない。

「そんなん、なんも言わへんかったやん」

動揺したあまり、なじるような言い方になってしまった。

「結局は身内の話だから。会社の株も生前贈与の方が、なにかとスムーズみたいだし」

いるのを感じた。

言葉が出てこない。後藤はかたまったまま、事態を受け止めきれないでいた。

「そういうわけだから、今日からはこいつの指示にしたがってほしい」

所長はそう言って、隣に目をやった。そちらに視線を移すと、洋文が冷めた表情を浮かべながら口をひらいた。

「この事務所もいろいろと時代にそぐわなくなってきたところがあるので、事務所拡大を見据えて変革しようと思っています。戸惑う部分もあるかもしれませんが、ぜひご協力ください」

洋文が一枚の書類を差し出した。

目を通すと、そこには、〝業務改善命令書〟として、後藤の横柄な勤務態度、ポマードやダブルのスーツといった身なり、言葉遣いなどが問題として列挙され、それらについて改善するよう記されている。

「……標準語つかうってどういうことや」

命令書には、関西弁をひかえ、標準語を使用するようにとある。言葉遣いで顧客から苦情をもらったことは一度もなく、むしろ円滑なコミュニケーション手段だとすら思っていた。

「クライアントに丁寧な言葉遣いをこころがけるのは社会人として常識です」

洋文の朗々とした声が室内にひびく。

弁護士がつづけて口をひらき、

「こちらの改善命令に従わない場合、もしくは改善の兆候が見られない場合は、解雇の処分を実施いたします。書面の趣旨をご理解いただけましたら、こちらに本日の日付と署名をお願いいたします」

と、テーブルにボールペンを置いた。

これまで自分が解雇されるなど夢にも思ったことがない。耳をおおいたくなるような通達だった。後藤は、すがるように所長の方へ顔をむけた。

「どういうことやねん……これでええんか、オヤジ」

そう迫ったが、所長はなにも聞こえていないかのようにうつむいたまま口をつぐんでいた。

投げやりに署名した業務改善命令書を手にして自席にもどる。決済の準備をしなければならないのに、なにも手につかなかった。

気持ちを切り替えられないまま呆然《ぼうぜん》としていると、洋文がやってきた。

「後藤さん、今日のコカラの決済ですけど、やらなくて結構です」

相手の言っていることが理解できず、返事すらままならない。

「代わりに私がやりますので」

机上にひろげていた書類を洋文が回収していく。

その様子をぼんやりながめているうち、コカラ不動産を担当したばかりの頃の社長の若き顔が脳裏をよぎる。あれから二十年も付き合うことになるとは思ってもいなかったと、酒席で社長は決まってそう笑い、これから先もよろしくと嬉しそうに肩を叩《たた》いてくれた……我に返った。

「俺のお客さんやろ」

強引に書類を奪い返そうとすると、洋文が激しく抵抗した。

もみ合いになる。力ずくで引っ張った拍子に書類が派手に破れた。いまから新しく用意しても決済に間に合わないかもしれない。当惑する社長の顔が目に浮かんだ。

「なにすんねん」

興奮したあまり、意図せず突き飛ばす形となってしまった。洋文が目を丸くしながら体勢を崩し、背後のロッカーに強く頭をぶつけてくずおれた。

見ると、顔をしかめる洋文のこめかみのあたりから鮮血が流れ落ち、顎にまでつたっている。

「洋文くん、大丈夫か」

後藤はうろたえながら洋文のもとに駆け寄った。

「救急車や。救急車呼んで。はよ」

事務員らも寄ってきて、室内が騒然とする。

ふと顔をあげると、所長がこちらに非難がましい視線を送っているのに気づいた。

「ちゃうねんて」

声を振り絞る。

「わざとちゃうねん」

心が押しつぶされそうになるのを必死にこらえていた。


校門を抜けると、自分を奮い立たせるように息を吐いてから職員室を目指した。

「なんで、ついてきたの？　こないでって言ったじゃん」

後藤のすぐ後ろをつきしたがっていた景子が不満の声をもらしている。

「そんなん穂香のためやん」

ポマードでなでつけた髪に乱れがないか後頭部に手をやりながら、校庭の方に視線をむけた。

夕照に染まりつつある校庭に、部活動にいそしむ生徒たちの潑剌《はつらつ》とした声がひびきわたり、彼らの長い影がのびている。端のテニスコートでラケットを握っている生徒の中に穂香もいるはずだったが、ここからはわからなかった。

「最近、なんで仕事行かないの？」

景子が慎重な口調でたずねてくる。

「……有休消化言うたやろ」

仕事のことを思うと、気が重くなる。

あの日、ロッカーの角に頭をぶつけた洋文は、出血がひどく、ただちに救急車で病院に運ばれた。脳などに影響はなかったものの、六針縫うほどの外傷を負ったという。コカラ不動産の決済は所長が急遽《きゅうきょ》代わりをつとめたが、自分は自宅謹慎となった。景子に相談することもできず、今後のことを考えると不安しかない。解雇の文字が絶えず頭にちらつき、夜もほとんど寝つけないでいた。

職員室におもむくと、応接間に通された。

間もなく、教頭をともなった穂香の担任教師があらわれ、いじめの経緯について説明をうけた。

「先生ね、いじめっちゅうのは複数人が寄ってたかって一人の子に嫌がらせするのを言うんでしょ。一対一なんて、ただの喧嘩やん」

説明に少しも納得できず、後藤は諭すような口調で抗議した。

「しかしですね、一方的に、上履きを隠されたり、給食のカレーに消しゴムを入れられたりですとか、〝死ね〟と書かれた紙が机に入ってたり、教科書が破り捨てられたりするのは、喧嘩ではなく、いじめだと思います」

担任の断定的な口調がやたらと神経に触れる。とっさにテーブルを激しくたたいていた。

「そんなん、穂香がやったっちゅう証拠でもあるんかいっ。ええ加減なこと言うたらあかんで」

「もうお願いだからやめてよっ」

隣で黙って聞いていた景子がすがりつくように抑えにかかってくる。

「お前は黙《だま》うとれ」

景子を振りほどいて、担任をにらみつけた。

「当初は被害を受けた生徒さんと穂香さんとで主張に食い違いがあったので、匿名によるアンケートをクラスで実施しました。何人かから回答があり、さきほど申し上げたいじめの被害は、そこで指摘があったものです」

担任は動じる様子もなく言うと、アンケート用紙をテーブルに出した。数枚に目印代わりの付箋が貼られている。

「その結果をもとに、再度、穂香さんにうかがったところ、最初は否定していましたが、ご自身でやったと認めました」

聞きたくなかった。

「嘘や」

強く否定したつもりが、弱々しい声しか出てこない。

「ええ加減なこと抜かすな」

真実などどうでもよかった。心優しい穂香を誰にも壊されたくなかった。

隣の景子が顔を伏せて、子供のようにくぐもった嗚咽《おえつ》をもらしている。白けた空気を打ち破るように、ふたたび担任が口をひらいた。

「穂香さんに、仲が良かった友達なのに、どうしてそんなことをしたのか理由を訊きました。自分だけ塾に行けないことが、悔しかったようです」

テーブルの天板を凝視した状態で、長い時間が流れたような気がした。後藤は奇妙に頬がゆるんでくるのを自覚しつつ、ゆっくりと担任に顔をもどした。

職員室をあとにし、校門にむかう。

後藤は、肩を落として前を歩く景子の背中を追いながら、校庭に目をむけた。部活動を終えた生徒たちがトンボ掛けをしている。テニスコートの方を見ると、穂香らしき女子生徒がこちらを見ているように映る。手をあげてみたが、反応はなかった。

ふと、前を歩いていた景子が足を止めた。

踵を返したその表情に戦慄した。

「……もう無理」

唇を激しくゆがめて、涙を流している。

「お前はもうなんもせんでええ。家で休んどけ。後始末はこっちでやっといたる」

あわてて歩み寄り、うすい肩をやさしく抱くと、その場にしゃがみ込んだ。

「もう……アンタと一緒にいれないかも」

そうつぶやいて、いつまでも首を横に振りつづける景子を見つめることしかできなかった。

*

布団とちゃぶ台だけのアパートの六畳間には、洗濯物が乱雑に積んであり、捨てられずにいる弁当の容器やペットボトルが転がっている。カーテンレールには、カーテン代わりのダブルのスーツがかけられていて、窓越しにつたわってくる寒気を申し訳程度にふせいでくれていた。

「何度もすんまへん」

あぐらをかいたジャージー姿の後藤は、暗澹《あんたん》たる思いで送話口越しに声を振り絞った。

「社長さん、お願いしますわ」

電話相手はコカラ不動産の事務員だった。何度電話をかけても、どういうわけか社長に取り次いでもらえなかった。

「すみませんが、社長はただいま外出中でして」

いつか冗談を言い合ったはずの女性事務員のよそよそしい声が返ってくる。

「外出って、昨日も一昨日《おととい》もそうやったやないか。いつだったらおるん?」

居留守を使っているのはあきらかだった。

「すみません……ちょっとわかりません」

「なんでやねん、あんだけ仲良うしたやないけ」

相手の返事も待たず、思い切り携帯電話を畳に叩きつけた。

大きくため息をついてうなだれると、畳の上に放りっぱなしにしていた書類が視界の端に入る。景子の代理人から送られてきた養育費の請求書と、財産分与で手放すことになりそうなマンションの住宅ローンの督促状だった。

事務所を解雇され、立てつづけに離婚を求められてからは、なにをやってもうまくいかなかった。職を求めて手当たり次第に司法書士事務所に問い合わせたが、年齢がネックになるのか、面接すらしてもらえず、ならば独立開業しようと、かつての顧客から仕事をもらうべく営業しても、まったく相手にされない。あれほど懇意にしていたコカラ不動産ですらこの有り様だった。

得体のしれない怒りが腹の底から突き上がってくる。

「なんでやねん」

ちゃぶ台を思い切り踵《かかと》で蹴り飛ばす。

きた。

「俺がなにしたっちゅうねん」

もう一度蹴り飛ばすと、ふすまを突き破って大きな穴を開けた。乱れた息をととのえながら、ふすまになかば埋もれたちゃぶ台を見ていると、すべてがどうでもよくなってきた。

「……上等やわ。上等やんけ。そっちがそういうことなら……なんでもやったろうやないかい」

ふたたび携帯電話をとり、登録していた連絡先に電話をかける。

近くをヘリコプターが飛んでいるらしく、窓越しに聞こえてくる爆音のせいで呼び出し音が聞きづらい。

「もしもし」

ほどなく受話口から聞こえてきた声は、電話がかかってくるのがわかっていたかのような落ち着きぶりだった。

「しばらくぶりやな」

「ご無沙汰してます」

あのときと同じ余裕たっぷりの相手の声を聞きながら、後藤は切り出した。

「ちょっと相談あんねんけど、例のあの店でビールでも呑まへん?」

剃髪

川井菜摘（尼僧）

二〇一一年一月十八日

昼食が終わった時間を見計らって病室に入ると、ベッドに横たわった母が半身をおこして窓の外をながめていた。七十歳を超えてから以前より物思いにふけることが増えたような気がする。

ヘリコプターがそう遠くないところを飛行しているらしい。特徴的な騒音が室内にまで透過し、ドアを閉める音もかき消された。

来訪者に気づいて、母がそっと頬をゆるめる。

「髪、切ったのね」

川井菜摘《かわいなつみ》はうなずいて、ベッド脇の椅子に腰かけた。

昨日、セミロングだった髪をベリーショートにしてきたばかりだった。美容師にすすめられた髪型とはいえ、母に対する自分なりの譲歩のつもりだった。

「似合うじゃない」

どことなく皮肉をふくんでいるように聞こえた。

ありがとうと返して、つい相手の頭に目がいった。入院してから剃髪《ていはつ》がむずかしくなり、その結果いくらか伸びていた髪は、先日からはじまった抗癌剤《こうがんざい》治療の副作用でいまは半分ほどが無惨に抜け落ちてしまっている。

母が、おもむろに視線を窓へもどす。

「なつかしいわ」

しみじみ漏らす母の言葉にうながされるように、そちらへ顔をむける。眼下に築地《つきじ》市場がひろがっていた。扇状の敷地に何棟もの建屋が寄せ集まり、その隙間を移動する車両や人の姿も見える。市場のむこうを流れる隅田川《すみだがわ》の水面《みなも》が、冬の陽光をうけてかがやいていた。

「小さいとき、川井の祖父《おじいちゃん》の幼馴染《おさななじ》みが仲卸だったからよく連れてってもらったの。まだ晴海《はるみ》通りにチンチン電車が走ってて」

前にも聞いた話だと思いつつも、川井は黙って耳をかたむけていた。

「あと何年かしたら豊洲《とよす》に移転してなくなっちゃうのね。寂しいわ」

「二〇一四年だっけ」

「けど、そのときには私も死んでるから、壊されるところ見なくて済むわね」

母が平然としながら自嘲気味に笑っている。

「お母さん、先生も大丈夫だって言ってるんだから、冗談でも、そういうのやめて」

これまで病気らしい病気をしてこなかった母が子宮頸癌《しきゅうけいがん》のステージ2と診断されたのは、去年の秋のことだった。担当の医師からは順調に治療が進めば克服できると言われている。

「諸行無常ね。私も、私なりにがんばってきたつもりだけど」

物憂げで、どこか当てつけるような言い方だった。安土桃山時代からつづく寺を尼僧として引き継ぎ、今日まで守ってきた母の気苦労がにじみでている。

「ちょっと……もう終わりみたいなこと勝手に言わないでよ」

つい先日、母の体調を考慮して、彼女がになっていた寺の宗教法人の代表役員に選任されたばかりだった。時代を超えて受け継がれてきた寺に生まれた以上、いつかはそうしなければならないのは理解していた。

それでも、正直なところ気乗りはしない。古い因習にしばられながらなにかを守り抜くよりも、既存のものを打ち壊しながら新たなものを創造していく生き方に惹《ひ》かれる。法事の読経くらいはあげるつもりでいても、母のように剃髪する気はさらさらなかった。

「カズくんだって施設の方がんばってくれてるし」

寺から少し離れた大通り沿いに立つ女性専用の更生保護施設は、刑務所を出ても帰住先のない女性がいることを知った、祖父の進言をうけて母が設立したもので、仮釈放者や満期出所者の社会復帰を支援する目的で運営されている。年少の夫であるカズキは、母からそこの運営をまかされ、一定期間、被支援者の住居や食事の提供をしていた。

「マサルおじさんだって、今度の理事会もそうだけどなにかと気にかけてくれてるんだから」

母方の従伯父は企業勤めをしながら寺の責任役員をつとめ、新人住職をささえてくれている。春には、ドイツに駐在中の一人娘であり、寺の後継者でもある紗都美《さとみ》も帰ってくる。

「身内が一番油断ならないんじゃない」

母が鼻で笑う。

「それは……お母さんが」

そのさきをつづけようとして、慌てて口をつぐんだ。

母が婿入りした父と決裂し、もつれにもつれた離婚が成立したのは、十年近く前のことになる。決裂の原因は、父が無断で家の金に手をつけて投資していた株の失敗だった。いくばくかの和解金をわたして父に出ていってもらったらしいが、それ以来、母はますますその狷介《けんかい》な性格を強くした。

母が疲れ切った表情で築地市場を見下ろしている。いぜんとしてヘリコプターの音がかすかながら聞こえていた。

満員の世田谷パブリックシアターが盛大な歓声と拍手につつまれる。

川井も座席から腰をうかす。青春の追憶を呼び起こすような非日常の余韻にひたりながら、壇上でカーテンコールにこたえる役者陣に拍手を送った。

幕がおりたあと、出口へむかう観客の人波をはずれ、楽屋を訪れた。座長をつとめる麻子《あさこ》の顔を見つけると、川井はハイブランドのサングラスをはずして手をあげた。

汗みどろで化粧の崩れた相手が嬉しそうに歩み寄ってくる。

「やだ、サングラスしてるからどこの大女優かと思った。菜摘、髪変えたの？　カッコいいじゃん」

「ちょっと、からかわないでよ」

川井はわざとらしく眉をひそめて笑った。

麻子は、大学時代に青春のすべてをそそぎこんだ演劇サークルの仲間だった。母の執拗《しつよう》な反対にあって演劇の世界で生きることを断念した川井とは対照的に、麻子は卒業後も地道に活動をつづけ、いまではテレビドラマや映画でも活躍するトップ女優として華ひらいている。

「すごいよかった」

川井は、いましがた劇場で感得した興奮をつたえた。

「ありがと。和田《わだ》先生にも観てもらいたかったけど」

麻子は、年始に亡くなった演出家の和田勉《つとむ》と何度も仕事をともにし、昔から私淑していた。

「でも、菜摘が差し入れしてくれた叙々苑《じよじよえん》弁当のおかげ。ちょっと待って、みんなにお礼言ってもらお」

麻子は楽屋にいる共演者やスタッフにむかって、弁当の礼を述べるよう大声で呼びかけた。川井は気恥ずかしさをおぼえながらも、低頭した。

「あれ、今日はイケメンの旦那は一緒じゃなかったの?」

観劇するときはなるべくカズキと一緒に来るようにしている。芝居を観たあとに、互いに感想を交わしながら評判のレストランで食事をするのが、変化のとぼしい日々の中で至福の時間だった。このあとも、食事だけは一緒にすることになっている。

「来る予定だったんだけど、急な仕事が入っちゃったみたいで。ごめんね、せっかくチケットいただいたのに」

施設の運営者としての仕事は、入所者の自立支援はむろんのこと、受刑者の面接や釈放者の出迎え、委託費や補助金からなる予算の編成や配分、常勤、非常勤をふくめた職員の管理、保護司や協力雇用主といった関係先との調整など多岐にわたっている。ここ最近は若年者を中心に入所者の入れ替わりが頻発しているようで、なかなか会えない時間がつづいていた。

「そうだ、今度の銀婚式、リッツでやるんでしょ？　ほんとラブラブだよね」

独身をつらぬいている麻子が冗談まじりに言う。お世辞とわかっていても嬉しい。

「私は二人で食事でもしようって言ったんだけど、あっちが盛大にやろうって聞かないから」

子供みたいに単純で少し強引なところもあるが、そうしたところもふくめてカズキのことが好きだった。

「忙しいと思うけど、都合つくようならからかいに来て」

挨拶の順番待ちができている麻子にそう言い残し、楽屋をあとにした。

エントランスホールで携帯電話の電源を入れると、カズキからの不在着信が残っていた。かけ直して、端末の受話口を耳に当てる。間もなく相手が応答した。

「カズくんごめん、いま終わった。お店に直接待ち合わせでいい？」

自然と声が弾んでしまう。ここからほど近い馴染みのイタリアンを予約していた。カズキの好物であるビステッカも注文済みだった。

「ナッちゃん、それなんだけどさ」

カズキが弱った声を出し、言葉をついだ。

「今度入ってきた入所者さんが職場でトラブっちゃって、これからそっち対応しなきゃいけないから、今夜は難しいかも」

期待が大きかったぶん落胆も大きかった。

「そっか。それじゃ仕方ないね」

気を取り直し、明るい声で返した。

「夜ご飯、なんか作っとこっか。ビステッカ、お持ち帰りにしてもらうっていう手もあるし」

どれだけ美味しい料理が出てきたとしても、一人で食事をするくらいなら、質素でもカズキと一緒がよかった。

「あ、いい、いい。たぶん遅くなるから、こっちで適当にやる」

「了解」

自分を鼓舞するように川井は健気《けなげ》に微笑んだ。

カズキが慎重そうにたずねてくる。電話のむこうで、こちらを案じている端整な顔が容易に目に浮かんだ。

「ナッちゃん……平気？」

「うん……私は大丈夫。ありがと、がんばってね」

そう言って電話を切ろうとしたときだった。

「なんだよ、お前さっきからしつけえな。知らねえっつってんだろっ」

相手の受話口から距離のあるところで、カズキが声を荒らげている。誰にむかって怒鳴っているのか。

「カズくん、どうしたの？」

「ナッちゃんごめん。また連絡する」

それで電話が切れてしまった。

川井はいぶかりつつも、建物を出て、往来の絶えない雑踏に踏み出していった。


寺の本堂に、建具の隙間からかすかながら外の冷気がしのびこんでいる。隙間なく敷かれた畳に、早春のおだやかな光が障子越しに差し込んでいた。

川井はストーブを点《つ》けると、年季の入った座卓にお茶請けや湯呑みをならべ、押入れから持ってきた座布団を置いていった。

庫裏《くり》に通じる戸がひらき、寝室で休んでいたカズキが寝不足気味の表情で入ってきた。

「おはよ、大丈夫？」

昨夜も、関係先との会食で帰りが遅かった。このところ付き合いが増えている。体を壊さないか心配だった。

「今日の会合ってなんなの？　役員会とかじゃないんでしょ？」

カズキが不満を口にしながら、がっしりした長身を折るようにして座布団に腰をおろす。定期役員会は先日実施したばかりで、臨時役員会の招集権をもっているのは代表役員の川井だけだった。

「わかんない。マサルおじさんが話があるから、カズくんも呼んでくれって」

参道の方から話し声が近づいてくる。

入り口の戸が開き、ダウンジャケットを羽織った小太りの従伯父があらわれた。一人かと思っていたら、スーツ姿の男もあとから革靴を脱いで入ってくる。川井には見覚えがなく、隣のカズキも怪訝そうな表情を浮かべていた。

「お母さんの具合、どうだ？」

従伯父がダウンジャケットを脱ぎながら、川井たちのむかいにあぐらをかいた。

「担当のお医者さんは、このまま順調にいけば寛解できるって言ってますけど……母はあんまり元気がなくて」

川井は答えつつも、従伯父の隣に正座しているスーツの男が何者かわからず落ち着かなかった。タイミングを見計らっていたように、スーツの男が名刺を渡しながら丁重に挨拶をしてきた。不動産屋だという。

不動産屋がどうしてここに来るのか疑問に思っていると、従伯父が口をひらいた。

「前回のときは、触れなかったんだが、お前も知ってるように檀家《だんか》さんの数が減っている。率直に言って、寺の経営状況がよろしくない。このままだとこの寺の存続もあやうい」

川井は焦燥感をおぼえながら耳をかたむけていた。檀家の減少は母からも報告を受けていたが、まさかそこまで深刻な事態に陥っているとは思っていなかった。先祖が綿々と守りぬいてきたこの寺を自分たちの代で仕舞うことになってしまうのか。築地市場を見下ろしていた母の寂しげな横顔が思い起こされる。

「幸い、そっちは余ってる土地がある」

従伯父が不安をとりのぞくような声で言った。

個人的な資産として、母には先代から受け継ぎ、自らも増やした不動産がかなりある。いずれは川井が相続することになるはずだった。

「たとえば、いまカズキがやってる施設の駐車場をこっちの法人に寄進して、マンションを建てるっていう手もある」

思いもしていなかった従伯父の話に、川井はまごついた。すかさずカズキが割って入ってくる。

「ちょっと待ってよ。あそこ普通に使ってるから」

理事長兼施設長として現場をあずかっている立場としては当然の意見だった。

「いいから、最後まで聞け」

従伯父がとがった声を出す。

うながされて不動産屋が座卓に資料をひろげた。

「私どもに土地をゆずっていただき、そこに高層マンションを建設いたします。そうすれば、地代として、貴山に三十億円お支払いできます。もちろんそこから税金等は差し引かれますが、残りの資金で貴山の経営基盤はじゅうぶん安定するはずです」

川井は、資料に記されたマンションの建設プランに動揺した視線をそそいだ。出し抜けにこんなものを見せられても判断のしようがない。

黙っていると、従伯父がしびれを切らしたようにまくしたててきた。

「な、悪いようにはしないから。本山もその方がいいって言ってくれてるし、お母さんにも言ってこっちの法人にあの土地を寄進しろ。本当に寺がなくなっちゃうぞ」

「そんなこと……急に言われても」

対応に窮していると、隣から手を差し伸べるようにそっと耳打ちしてくる。

「んなの、真に受ける必要ねえって」

救われる思いだった。

カズキが居住まいを正してから、座卓のむこうに顔をもどす。

「お話はわかりました。大事なことなので、家族で相談して決めたいと思います」

従伯父がなかば圧倒されるように言葉をうしなっていた。

「ナッちゃん、それでいいよね？」

カズキの目元に微笑が浮かぶ。川井は安堵《あんど》してうなずいた。

自室のドレッサー前に腰かけたドレス姿の川井は、入念にメイクを済ませ、さんざん悩んで選んだピアスをつけていた。気分が高まっている。これからザ・リッツ・カールトンのボードルームでの銀婚式がひかえていた。

「ナッちゃん、準備できた？　タクシー来てるよ」

玄関の方からカズキの声が聞こえてくる。

「いま行くから、さき行ってて」

ピアスを装着してから、あらためて鏡の前で全身を点検する。ぬかりはなさそうだった。

玄関でロングコートを羽織り、この日のために買ったピンヒールに足を入れる。下駄《げた》箱《ばこ》の上にある鍵を取ろうとした際に、Ａ４大の封筒に目がいく。朝方、郵便ポストからとってきたままにしていた。

送り主は、従伯父と結託してマンション建設用地の寄進をすすめてきた不動産会社のものだった。いまだ諦めきれないでいるらしい。

先日の会合のあと、カズキが顧問の税理士に相談したところ、寺の存続があやぶまれるような財務状況ではなく、むこう二十年までにかかる寺の維持や仏事の費用を勘案しても憂慮すべき点はないとのことだった。

経済的にさほど豊かとはいえない従伯父が不動産屋にそそのかされて私腹を肥やそうとしたか、場合によっては寺の乗っ取りを企《たくら》んでいたのではないか、というのがカズキの意見だった。穿《うが》ち過ぎた見方のような気もするが、かといって、それを否定する材料があるわけでもなかった。

あらためて母の懸念が胸底に生じる。それでも、頼もしいカズキの存在がすぐにその不安を振り払ってくれた。

玄関の鍵をかけたところで、ハンドバッグに入れていた携帯電話が鳴っているのに気づく。ドイツにいる娘からだった。

たまにメッセージのやりとりがあるだけで、川井から電話をかけることも、むこうから電話がかかってくることもほとんどない。カズキには申し訳なかったが、後回しにしない方がいいような予感がした。

「どうしたの？」

現地は朝のはずだった。仕事ははじまっていないのか。

「……うん」

ひさびさに聞く娘の声は、なにかしら葛藤の響きをふくんでいた。

「どうしたのよ」

川井は、相手の緊張を解きほぐすように微笑んでみせた。

「あのね……春にそっちに帰る予定だったんだけど、しばらくこっちに残ることになったの」

もっと深刻なことかと思っていた。気が楽になる。

「駐在が延長になったってこと？」

「ちがうのそうじゃないの」

娘が受話口越しに切迫した声をひびかせる。

彼女は、いったん思い決めたことは曲げない。頑《かたく》なところは川井の母にそっくりだった。

「……そうじゃないって？」

本当のことを知るのがためらわれる。

「会社を辞めることにしたの。こっちの人と……結婚するの」

「え。結婚？」

取り乱して、声が大きくなる。

「だから、日本にはしばらく帰れないの」

「しばらくって……ずっとそっちに暮らすつもりなの？」

娘が帰国したら、寺のことを手伝ってもらうつもりでいた。

「……わかんない」

「わかんないって……」

もし娘がこのままドイツに永住することになれば、寺を引き継ぎ、守るものがいなくなる。にわかに、底しれぬ不安が襲いかかってくる。

「ごめんなさい……また連絡するから」

それで電話が切れた。

川井は呆然《ぼうぜん》とした状態で、カズキの待つタクシーの方へ歩いていった。

足元がおぼつかず、頭が混乱していた。寂しそうな母の笑声がどこかでしている。しだいに大きくなり、苦しげな嗚咽に変わっていった。

不意に怒号がし、現実に引き戻された。

「だから、知らねえっつってんだろっ」

カズキの声だった。

見ると、タクシーの前で、カズキが中年男性と言い争っている。

ジャーナリストなのか。肩にビジネスバッグをかけた中年男性はボイスレコーダーのようなものをカズキにむけながら、なにごとか問いただしている。

「それじゃあ、おたずねしますけどね。平成二十二年五月まで入所されていた当時二十六歳の森田多恵《もりたたえ》さんはご存知ですよね？」

森田多恵という入所者がいたのは川井も知っている。窃盗の依存症で刑務所に入り、施設に入所してからは、自立支援の一環として本堂で行われる勤行に何度も参加していた。

カズキがジャーナリストを無視してタクシーの後部座席に乗り込む。

「ナッちゃん、早く乗って。こいつ頭おかしいから相手にしちゃ駄目」

事態が呑み込めず、川井がまごついていると、ジャーナリストが後部座席にむけて厳しい口調で問い詰めていく。

「森田多恵さんは、あなたに何度も性行為を強要されたと主張しています。挙げ句、妊娠して、あなたに堕《お》ろせと言われて泣く泣く堕ろしたと。当時のメールも残っています。これは事実ではありませんか」

耳を疑う内容だった。

「どういうことですか……ちゃんと説明してください」

横から川井がジャーナリストにせまると、相手が眉をひそめた。

「川井和希《かずき》の妻です」

ジャーナリストが逡巡《しゅんじゅん》するように川井とカズキの顔を交互に見ると、週刊誌名が記された名刺を差し出しながら、

「いまご主人におたずねしたとおりです」

と、断定的に言った。

タクシーの中からカズキの声が飛んでくる。

「ぜんぶ出鱈目だぞ」

ジャーナリストはそれを無視して、つづけた。

「ご主人は、更生保護施設の入所者に、立場を利用してこれまで常習的に性暴力をくわえてきたんです。一人じゃありません。いまの時点で複数名の証言がとれています」

事実だとしたら、吐き気を催すような内容だった。カズキがそのような残忍なことをするはずがなかった。

うろたえながら後部座席をのぞきこんだ。カズキが前方に視線をすえながら不機嫌そうに腕を組んでいる。

「本当なの？」

川井がたずねると、背後で声がした。

「嘘だよね」

ジャーナリストのそれではなかった。

驚いて振り返ると、白いベンチコートを着た若い女性がすぐそこに立っていた。見覚えがある。薬物事件で実刑をうけ、一年ほど前に仮釈放されて施設に入所してきた女性にちがいなかった。

「カズさん、嘘だよね」

川井を押しのけて、女性が後部座席をのぞきこむ。カズキが口をうすくあけて、瞠目《どうもく》していた。

カズキを悲痛な表情で見つめたまま、女性がベンチコートの上から自らの腹部に手をやる。

「カズさん、この子も堕ろすつもりなの？」

その場に立ち尽くす川井の手からハンドバッグがこぼれ落ち、冷たい夕暮れの路上に転がった。


川井は、洗面台の鏡に映る自分の顔をじっと見つめていた。

迷いは少しもなかった。

電動バリカンのスイッチを入れ、前髪の生え際から頭頂部にむかって刃をすべらせていく。モーターの鈍い音がひびき、かすかな音を立てて髪の束が洗面ボウルに落ちる。すべての髪を刈り終えると、泡立てた洗剤を一ミリほどになった髪になでつけ、剃刀《かみそり》で丹念に剃《そ》り落としていった。

剃髪を済ませてから、法衣《ほうえ》をまとい、庫裏をあとにする。誰もいない本堂は静まり返っていた。

川井は須弥壇《しゅみだん》の前で正座すると、本尊を見つめ、手をつきながらうっすらと青い頭を深々と下げた。

　この日は、母の四十九日だった。治療は順調に進んでいたが、癌が転移し、本人が予感していたとおりあっけなく最期を迎えた。

　川井は鈴棒《りんぼう》を手にし、かたわらに置かれた一尺三寸の鈴をたたいた。澄み切った心地よい低音がひびきわたり、その長々とした余韻が室内をみたして次第に消失していく。

　そっと目を伏せ、白檀《びゃくだん》の香をきいた。

　耳を澄ませば、障子のむこう、小雨が境内の樹葉を打つ音が聞こえてくる。静かに合掌して、声低く読経をはじめた。

　更生保護施設の入所者に性的暴行をかさねていたことを週刊誌に暴露された夫は、連日マスコミに追い回され、身ごもった元薬物中毒者の入所者をつれて出ていった。いまはどこでなにをしているかわからない。女と駆け落ちしたあとの調査で、川井家が所有しているマンション等を夫が無断で売却していたことが判明した。警察に被害届を出したものの、不動産がもどってくる可能性は低いという。すぐにでも離婚したいところだが、消息不明なため裁判所の判断を仰がなければならなかった。更生保護施設は閉鎖が決まり、入所者や従業員への補償手続きがすすめられている。

　一連の騒動で看板に傷をつけたとして、本山や同じ包括宗教法人である他山から連日のように糾弾された。これ以上の迷惑がかからぬよう、単立宗教法人として寺を守っていくことを決め、協議の末、先日正式に受理される見通しが立った。

不動産屋と結託して川井家の土地を売り飛ばそうとした挙げ句、ひそかに寺の金を不当に使い込んでいた責任役員の従伯父は解任決議をしたが、こちらは裁判で争うことになり、解決までには長い時間がかかりそうだった。

ドイツに行ったきりの娘は、結婚するととつぜん告げてきたあの電話から音沙汰がない。何度かこちらから連絡しようと思ったこともあったが、結局しなかった。娘がどのような人と結婚したのか、そもそも結婚したのか、今後どうするつもりなのかなにもわからない……。

この先のことを思うと、胸が押しつぶされそうになり、読経をとなえる声が震える。

川井は眉根を寄せながら腹圧を高め、語気を強めた。

わずかだが湿っぽさをふくんだ般若心経《はんにゃしんぎょう》が本堂にひびきつづける。時折、遠くで春雷がとどろいていた。

ユースフル・デイズ

長井（ニンベン師）

二〇一一年四月七日

時折、遠くの方で春雷がとどろいている。

排気量千二百ccを有するVMAXのエンジン音がシンプソンのフルフェイス内に心地よくひびき、シート越しにそのリズミカルな振動をつたえてくれる。ハンドルを握った長井《ながい》広司《こうじ》は、人馬一体の感覚にひたりながら、通学路でもある国道を南下していた。

途中、慢性化した渋滞を避けて右折し、ギアを四速に上げて県道をすすむ。広大な自動車工場のフェンスが右手に長々とつづき、春時雨で濡れたアスファルトが陽光をまばゆくはじきかえしている。ヘルメットの隙間から外気が首元を通り抜け、まだ肌寒くも清々《すがすが》しかった。

前を走っていたマイクロバスが、ふいにブレーキランプを点《とも》して減速する。長井も慌てててブレーキをかけると、徐行したマイクロバスの陰から、茶トラの猫が足を引きずりながらあらわれた。傷の程度は不明だが、運悪く轢《ひ》かれてしまったらしい。

マイクロバスはなにごともなく走り去り、轢かれた猫はフェンスの隙間に身を入れたかと思うとすぐに茂みに隠れて見えなくなった。

公園前のアパートに到着し、二階の部屋の呼び鈴を押すと、紗良《さら》がドアを開けてくれた。

百八十センチを超える長井を見上げる表情は、陽気で明るい。ハーフパンツから伸びた足はアルティメットサークルの練習で引き締まり、日に焼けた膝小僧には先週にはなかった生傷ができていた。

「リクルートのエントリーシート書いたから、ちょっと見てほしいんだけど」

紗良が踵を返し、室内にもどろうとする。

二〇〇八年のリーマンショックの影響で、大卒求人倍率は低い水準で推移し、先月の東日本大震災で新卒採用をめぐる状況は依然として先行きが読めない状態にある。就職活動に神経質になっているのは、紗良に限った話ではなかった。

「あのさ」

ここに来るまでは、さきほど目撃した猫のことを話すつもりでいたのに、彼女の顔を見た途端、なんとなく縁起が悪いような気がして黙っておくことにした。

「悪いんだけど、今から大樹《だいき》のところ行くことになったから、今日送っていけないわ。ひとりで行ってもらっていい？」

午後から隣町でおこなわれるサークルの練習場所に送りとどける約束だった。

「別にいいけど、大樹、なんかあったの？」

紗良の表情がくもっている。

「カズマンがいなくなったらしい」

紗良もカズマンも大樹も、半期だけ情報基礎と体育の授業をともにした一年時の同じクラス仲間だった。サークルや研究会単位で活動することが増えてからも、示し合わせるわけでもなく食堂などに集まっては他愛《たわい》もない雑談に興じている。

「どういうこと」

「急にオフィスに顔出さなくなったんだって。自宅にもいなくて、連絡もとれないみたい。これから皆で捜してくる」

「私も行こっか」

紗良が、下駄箱《げたばこ》の上に置きっぱなしにしていた長井のジェット型ヘルメットに手をのばす。

「俺たちで捜すから、紗良は練習行って」

そう言うと、おとなしくしたがってくれた。

「気をつけてね」

わざとらしく顔をしかめた長井は親指を立て、そっとドアを閉めた。

町田駅前のペデストリアンデッキ下をくぐり、大通りに面したファミリーレストランの前でバイクを停《と》めると、すでに大樹とヨウタが待っていた。歩いて十分ほどの距離にある、オフィス兼大樹の自宅マンションから一緒に来たのかもしれない。

長井はヘルメットを脱いで、彼らのもとに歩み寄った。

「見つかった？」

疲弊した表情の大樹が、力なく首を横に振る。

「坂崎《さかざき》が車出してくれて、いまモカとこっちむかってる」

カズマンとモカが付き合っていると知ったのは、一年生の夏の終わりだった。浪人中に通っていた予備校のときから顔見知りのようだったので、こちらが知らないだけでもっと前から交際していたのかもしれない。二人と会うと、このままずっと一緒にいるだろうなと思ってしまうほどいつも仲が良い。きっとカズマンの失踪をモカも心配しているにちがいなかった。

「なんでいなくなったの？」

大樹が言い淀《よど》んでいる。

「事故にあったとか？」

「それだったら、なにかしら連絡あると思うんだよな……」

「なら──」

なおも問いただそうとしたとき、むこうから一台のＳＵＶがやってきてすぐそこに停まった。運転席に座っていた坂崎につづいて、助手席のモカも降りてくる。長井は、二人に声をかけた。

「カズマンと連絡とれた？」

モカが、思い詰めた表情で携帯電話に目を落とし、小さく首を振る。

「喧嘩とかしたわけじゃないんでしょ？」

「昨日は普通にメールきたんだけど、急に連絡とれなくなって……家行ってもいないから」

「実家は？　長崎だったよね」

割って入ってきた大樹の声に、焦りがにじんでいる。実家にはすでにモカが連絡済みのようで、いまのところ帰ってきてはいないという。

「最近、なんか変わったことは？」

研究室に入り浸っていたせいか、ここしばらく学校でカズマンを見かけていない。それも手伝って、長井には失踪する理由が思い当たらなかった。

「うーん、ちょっと元気ないってのはあったかな……」

「あんまり悪い方には考えたくないけど、万が一もあるから、警察に捜索願い出した方がよくないか」

長井の提案に、モカの顔がこわばった。そこまで大事《おおごと》とは思っていなかったのかもしれない。

「まだ捜しきれてないところあるから、もう少しだけ様子見よ」

大樹がとりなすように言うと、異を立てるものは誰もいなかった。

「俺は学校捜してみるわ」

長井は、車に乗り込む皆と別れてバイクにまたがり、エンジンを始動させた。

小高い山の上に築かれたキャンパス中を捜して回ったが、どんぐり眼と笑窪《えくぼ》が印象的で、入学当初より全体にふっくらとした印象のあの姿はどこにも見当たらず、目撃したという顔見知りの同級生もいない。大学の最寄り駅である辻堂《つじどう》と湘南台《しょうなんだい》周辺を捜したあと、同級生らがよく訪れる大学近くのビリヤード場をのぞいていたとき、モカから連絡が入った。カズマンは鎌倉の由比《ゆい》ガ浜《はま》にいるという。

長井はすぐさまバイクに飛び乗り、鎌倉へ走らせた。

大樹を代表取締役社長に、坂崎、ヨウタ、カズマンの四人で起業したのは、去年のことだった。スタートアップ関連の授業が直接の契機だったとはいえ、上昇志向の強い大樹がかねて熱望していた起業に、ほかの三人が賛同した形だった。起業の資金は、大樹が親戚からの借り入れや大学関連の助成を利用するなどして集めたものの、ＩＴというビジネス領域が決まっているだけで、これといったビジネスアイデアはなく、塾を経営する知人から依頼された小さなウェブサイト開発が当面のよりどころだった。バーチャルオフィスで会社の登記を済ませ、仕事場は代表者の住まいである1Kのマンションで間に合わせている。

四人とは仲が良かったから、当初、長井もことあるごとに大樹から一緒にやろうと声をかけられていたが、アメリカのソフトウェア会社が主催する技術カンファレンスに参加することもあるし、研究会のOBなどを通じて知り合ったいくつかの企業から仕事を請け負っていたために、そちらに割ける時間はないと断っていた。

大樹たちが起業してすでに半年以上が経過している。うまくいっているとも、いっていないとも聞かない。なにをしているのかもよくわからず、たまに大樹たちと会っても会社のことを話題にするのを伏せている感じがし、正面きってたずねるのはためらわれた。

駐輪場にバイクを停め、砂浜におりる。

シーズン外れの由比ガ浜は暮色に染まり、人影がまばらだった。地元の高校生らしき若者たちが波打ち際に群がっていたり、近所の人が犬の散歩をしたりしている。

捜し歩いていると、百メートルほど離れた先で、見覚えのある横顔の男性が砂浜に膝をかかえて座っていた。安堵《あんど》し、歩み寄っていく。そっと近づいて、夕暮れの海を呆然とながめているカズマンの隣に腰をおろした。

「よっ」

なにも聞こえていないかのように反応がない。その横顔をうかがうと、疲弊しきった色がにじみ出ている。

波音がしきりで、時折、潮騒《しおさい》に混じって高校生たちの笑声が遠くの方でしていた。

「……なんかあったの？」

それには答えず、抜け殻のような目で海を見つめながらカズマンが口をひらいた。

「……綺麗《きれい》なんだろうなぁ……ほんとに綺麗で仕方ないいんだろうなぁ」

意味不明な言葉をしみじみとつぶやく相手の様子にうろたえる。

「こんなに海も空も綺麗なはずなのに……どうして綺麗に見えないいんだろ……」

カズマンが、ゼンマイ仕掛けの玩具を思わせるほどゆっくりと長井に顔をむけた。歪《いびつ》な笑顔に肌が粟立《あわだ》った。

むこうの方から切迫した声が切れ切れに近づいてくる。

近くで砂を蹴る音がしたかと思うと、大樹がカズマンの肩をだいていた。

「カズくんっ」

緊張の糸が切れたらしいモカが、大樹を押しのけるようにして虚脱状態のカズマンにすがりついている。

長井は無自覚のうちに、カズマンと目が合わない位置まであとずさり、どこまでいっても理解しがたい未知の生物に出会ったような居心地の悪さを感じながら、その様子を見守っていた。


「で、長井《ボブ》は、進路の方、なんか考えまとまってきたの？」

むかいに腰掛けた見村《みむら》先生がおだやかな表情で、太鼓腹の上に載せるようにして腕を組んでいる。先生自身もビリーと呼ばれるように、見村研究会では親しみを込めてあだ名で呼び合う習わしがあった。

日中のこの時間の研究室は、まだ人も少ない。

専門書籍のならぶ棚にかこわれた脇のデスクには、見村先生が先月上梓《じょうし》したばかりの新書が山積みになっており、廊下を隔ててもうけられたサーバールームからは、冷却ファンの放熱音が断続的に聞こえていた。

「まとまったり、まとまらなかったりです」

この日は、研究会の担当教員との期初面談だった。気さくな性格で、偉ぶるところのない見村先生の前では、つい本音が出てしまう。

「なんだよ、長井それ」

面白がるように見村先生がワイシャツにつつまれた太鼓腹を揺らす。

「民間だったらいくらでも紹介してやるし、長井だったらどこだって欲しがるよ」

「なんか自分のことがよくわかんないんですよね」

長井は、自身の心をのぞき込むように視線を相手の胸元にすえた。

「わかんないって？」

「自分がどうしたいとか、どうなりたいとか、突き詰めるとモヤっとするっていうか、なんもないような気がして。研究会でいつも話してるような課題や問題意識なんかも、正直、受け売りなところがあって、そこにどれだけ本気で取り組めるかっていうと躊《ちゅう》躇《ちょ》する気持ちもあるし」

見村先生が腕を組んだまま、静かに耳をかたむけている。

「コンピューターもインターネットも、もともと数学が得意だったからやってるところも大きいんで」

小学生のときにはすでに高校の数学を終えていたし、高校生のときは数学オリンピックに出場して銅メダルを取ったが、得意なだけで、一流の数学者になれるほどの才能はないと早々に気づき、情報技術の世界に転向した。

「得意ってだけで、じゅうぶんだと思うけどな。たいていの人間はその得意さえ、ないんだから」

「……そうですね」

「最初から綺麗で完璧な答えにこだわりたくなるのもわかるけど、少しずつ小分けにしながらベストエフォートでうまくいく場合もあるんじゃないか」

インターネットの仕組みになぞらえる見村先生の助言に、思わず口元がゆるむ。

「定まんないなら、無理に決めようとしないでこのままウチに残ればいいじゃん。長井がいてくれた方がありがたいよ。アカデミズムなんか気にせず、ここの環境使って好きにやったらいいんだしさ」

ぶっきらぼうにも聞こえる見村先生の声からは、損得抜きの気遣いが感じられる。

長井は、顎に手を添えて考え込み、少しして相手に視線をもどした。

「もう少しだけ、自分と対話したいと思います」

見村先生が、仕方ないとでも言いたげに苦笑している。

「今度の、防衛省のワークショップは出るんだろ？」

「そのつもりです」

次世代のホワイトハッカーの発掘と育成を目指して防衛省が実施しているワークショップには、高校生の頃から参加している。見村先生と最初に出会ったのも、ワークショップ後の懇親会だった。

「そうしてくれ。防衛省の連中も長井に期待してるから」

長井は、はっきりしない自身の姿勢に我ながらうんざりしつつも、礼を述べて腰を上げた。

ヘルメットとバックパックを放り、なだらかな斜面に腰をおろす。

新学期がはじまる前にもかかわらず、周囲にはいつものように学生の姿があり、芝生の感触を楽しみながら眼下にひろがる鴨池《かもいけ》の水面をながめていた。

長井は、買ってきたばかりのベーコンレタストマトのサンドイッチにかじりついた。メニューは豊富なのに、いつも同じものを頼んでしまうが、何度食べても飽きることがない。

隣を見ると、大樹も、相変わらず好物のターキーブレストをほおばっている。大樹と前回ここでサンドイッチを食べたのはいつだったか。ずいぶん前のような気がした。

「カズマンの件、大丈夫なの？」

紗良の話では、先週の失踪事件以来、学校では見ていないという。

「……まぁ、たぶん」

歯切れが悪かった。

「たぶんて、あれから連絡とってないのかよ」

芝生に目を落とした大樹が、弁解するように首を横に振った。

「俺が電話しても出ない。メンタル的な問題だから、少し休めば大丈夫だと思うけど」

「大樹んとこ、もうやめるって」

相手が頭をもたげた。はじめて知ったのか、瞠目している。

「カズマンがそう言ってんの？」

「らしいよ。さっきモカと会って、言ってた。なんも聞いてないの？」

黙り込んだ大樹の顔をうかがうと、あからさまに動揺している。

「……大丈夫なのかよ」

「うん」

気丈に答えているように聞こえたが、とても額面どおりには受け取れない。ウェブ周りのプログラミングの大部分はおそらくカズマンが担当しているはずで、坂崎はデザイン周りだし、残りの二人がほかをすべてカバーできるとは思えなかった。

就職活動中とおぼしきリクルートスーツ姿の女子学生が背後からあらわれ、近くの空いたスペースに座って書類に目を落としている。

長井は話題を変えるつもりで口をひらいた。

「大樹は就活とかしないの？　保険じゃないけどさ」

昨日の見村先生との面談が思い起こされる。一晩考えたぐらいでは、結論など出そうになかった。

「しない。下手に内定なんかもらったら、そっち行きたくなっちゃうでしょ」

思いがけず迷いのない言葉に触れ、胸を打たれた。

鳥取で生まれ育った大樹が母子家庭と知ったのはいつだったか。本人が自分の境遇を下手に隠したり、気後れしたりしているようなところはない。それでも、ふとしたときに見せる仄暗《ほのぐら》い目は、他人にはうかがいしれない心の穴の深さを感じさせる。ときについていけないと思うほどの、相手を蹴り落としてでも這《は》い上がろうとする成功への貪欲さは、もしかしたらそうした心の穴が影響しているのかもしれなかった。

「……どうすっかな」

見ると、携帯電話でメールを確認する大樹の横顔に焦りの色が浮かんでいる。

「クライアントから？」

弱った表情で相手はうなずいた。

「カズマンにまかせてたとこだから」

起業の誘いを断った負い目がよみがえってくる。

「俺でいいなら、手伝おっか」

気づけば、反射的にそう告げていた。

防衛省で朝からおこなわれたワークショップでのハッキングコンテストは、僅差のポイントながら長井が優勝をかざる形で閉幕し、同じ会場で立食形式の懇親会がひらかれていた。

長井がオレンジジュースを飲みながら顔なじみの参加者と互いの近況を交わし合っていると、以前から懇意にしてもらっている幹部職員がやってきた。

「おめでと。さすが」

「ツイてました」

求めに応じて握手を交わす。談笑していた参加者が気を利かせて離れていった。

「三年生だろ。進路は？」

長井は素直にいまの状況をつたえた。

「決まってないんだったら、うちでやってみないか」

幹部職員が待ちかねていたように言う。人材発掘もこのワークショップの目的だから、むしろ自然なことだった。

「ありがたいんですが、公務員は考えてないんです」

縛られるのはごめんだし、そのために試験を受ける気などさらさらない。

「民間のままで構わないし、フルタイムでなくてもいい。見村先生のところをつづけながらでいいから」

予想もしていなかった提案に、どう返事をしていいかわからず、まごついてしまう。

「いつも言うように、安全保障の世界はもはやインターネット抜きには考えられない。

諸外国からのサイバー攻撃にしろ、情報セキュリティの対策強化は急務だ。形にこだわってる場合じゃない」

幹部職員はそこで言葉をきると、秘密を打ち明けるような語調でつづけた。

「君の力を国の平和のために貸してほしい。決して大袈裟《おおげさ》でなく、この国の未来を担うことになると思う」

動悸《どうき》がする。ここまではっきりと言われたのははじめてだった。

「考えてはみますけど――」

「これは持論なんだが、誰かのために自分を犠牲にする生き方は美しいと思う」

気持ち悪いなと思った。

今どき、ヒーロー物の主人公でもそのような仰々しい台詞《せりふ》は口にしない。にもかかわらず、生き方という言葉が心の襞に染み入っていく。かねて進路で悩んでいるとばかり思っていたが、もしかしたら引っかかっていたのは生き方というやつなのかもしれない。

「君の力をどう使うかは、もちろん君の自由だ。ただし、君の力を欲しがってるのはなにも我々だけじゃない。諸外国の情報機関ふくめ、利用しようと考えてるところもある。くれぐれもよく考えてほしい」

長井の肩を軽くたたいて幹部職員は去っていった。

庁舎を出たときには、外はすっかり暗くなっていた。眼前の大通りを車がヘッドライトを点しながら行き交っている。

バイクを停めてある近くの駐輪場にむかおうとして、ジーンズのポケットに突っ込んでいた携帯電話が振動しているのに気づいた。見れば、ウチダからの電話だった。

「ご無沙汰しています」

受話口から慇懃《いんぎん》な低声が流れてくる。

「久しぶりに、食事でもご一緒しませんか」


差し入れの菓子やジュースで満杯になったビニール袋が指に食い込んで痛い。もう片方の手で袋を持ち直し、長井はマンションのチャイムを押した。

ドアがひらき、大樹が笑顔で出迎えてくれた。よく見ると、目が血走っている。眠れていないのかもしれない。

「ありがと、待ってた」

玄関には、大樹の靴に交じって坂崎のくたびれたスニーカーも転がっていた。ブーツを脱いですぐに異変に気づいた。

居間に通じる廊下を兼ねたキッチンが汚れた皿やゴミで溢れかえっている。床にも捨てられずにいるゴミが散乱している。去年ここに遊びに来たときは、整理整頓が行き届いていた。

「掃除くらいしろよ」

つい苦笑がこぼれた。

「やろうと思ってんだけどね」

大樹につづいて、八畳ほどの居間に入る。端の方で、坂崎が段ボールを机代わりにしてノートパソコンにむかっていた。

「お疲れ」

声をかけても、反応が薄い。画面を見つめる目に焦燥の色が浮かんでいる。作業に集中しているというより、なにかに怯《おび》えているように映った。

長井は持参したノートパソコンを開き、今回手伝うことにした案件の開発状況について大樹から説明をうけた。聞けば、いまは芸能事務所が運営するファンサイトのモバイル版の開発を請け負っているらしい。工数は少なくないものの、技術的に難しいことを求められているわけではなさそうだった。

芸能事務所といっても、大手ではないようで、長井の知っているタレントやグラビアアイドルは一人もいない。いくらで請け負ったかは不明だが、六本木《ろっぽんぎ》ヒルズにスターバックスとジムを併設したオフィスをかまえたい、という大樹の夢を叶《かな》えるにはほど遠い金額にちがいなかった。黙って説明を聞いていたが、もしかしたらそうした率直な感想が顔に出ていたのかもしれない。

「やっぱ、いまソシャゲが来てるから本当はそっち行きたいんだけど、とりあえずこれは繋《つな》ぎって感じでやってる」

そう付け加える大樹の声には、言い訳がましい響きが多分にふくまれていた。

長井は、早速コーディング作業に取り掛かった。雑談をしながらキーボードをたたくものの、二人とも生返事をするだけで会話がつづかない。キーボードの打鍵音がひびく無言の時間が流れ、いつしか重苦しい空気につつまれていた。

長井が飲んでいたペットボトルのお茶がなくなりかけた頃、大樹がふと思い出したように手を止めた。

「ヨウタ、遅くね？」

ヨウタも用事を済ませてからやってくるとは長井も聞いていた。

「遅くなるとは言ってたけどね」

緊張した表情の坂崎がかばうような語調で返している。

大樹がヨウタに連絡しようと携帯電話を手にしたとき、玄関のドアがひらく音がし、ヨウタがあらわれた。

「ヨウタさ、遅いよ」

おさえた言い方だったが、大樹の目に険しい光が浮かんでいた。

「……ごめん」

バックパックを下ろすこともできず、ヨウタが悄然《しょうぜん》と立ち尽くしている。

「ごめんじゃねえよ。広司だって、わざわざ来て手伝ってくれてんのにさ」

「いや、俺は別に——」

自分から言いだしたことだから、恩着せがましい態度をとるつもりはなかった。

「遅れた理由は？」

「ごめん……ちょっと人に会ってて」

「人って？」

大樹が執拗《しつよう》に問い詰めている。

「……OB。どうしても会ってほしいって言われたから断れなくて」

まごついていたヨウタが観念したように答えた。

就職活動をにらんだ企業研究の一環で、三年生になってから学校のOBに訪問をはじめた学生もいるが、逆に、企業側が内定者確保のためにOBを利用して学生に接触する場合もあるらしい。実際、長井の周りでも、大手都市銀行に勤める見知らぬOBやOGから突然電話がかかってきたものがいた。

「OB？　ヨウタ、就活してんの？」

追及が厳しさをます。

啞然とし、長井はただ静観することしかできないでいた。

「いや、そういうんじゃなくて」

「それって、俺たちに対する裏切りじゃね？」

大樹から同意をもとめられて坂崎がうろたえている。

「ヨウタさ、一緒に成功するって約束したよな？　あれ、嘘ってこと？」

足元に落としたヨウタの視線が混乱したように忙《せわ》しなく動いている。

長井は無言のまま、その場にかたまっていた。頼まれているのはシステム開発で、仲裁ではない。それでも友人として助け舟を出すべきだという思いと、やはり他人の会社のことに口を突っ込むべきではないという思いが、胸中でせめぎあっていた。

ちゃぶ台に置いていた携帯電話が鳴った。大樹が使っているものだった。

「お世話になります」

クライアントかららしい。人が変わったように明るい声を張り上げながら、居間を出ていった。

「いつもあんな感じなの？」

長井がたずねると、二人とも曖昧な表情を浮かべていた。

四十一階で乗り継いだエレベーターを五十二階で降りた。

洗練された空間と厳かな雰囲気にいささか圧倒されつつ、長井はブーツの踵をひかえめに鳴らしながらレストランのフロントに歩み寄っていった。

「いらっしゃいませ。ご予約はいただいてますでしょうか」

凜《りん》とした女性スタッフの笑顔に気後れしながらも、この日の食事に誘ってくれたウチダの名前を告げた。

「中でお待ちです。ご案内します」

スタッフにみちびかれて店内に入ると、開放的な空間がひろがり、壁一面が天井までおよぶガラスで覆い尽くされていた。スタッフが目指す窓際の席に、品のある深紅のスーツを着た長髪の紳士が座っている。ウチダだった。

ウチダと知り合ったのは、二年前に長井が優勝した民間主催のハッキングコンテストの会場だった。資産家のようだが、具体的になにをしているかはいまだによくわからない。若い才能を応援しているということで連絡先を交換し、以来、こうしてたまに食事に誘われている。

「すごいっすね、ここ」

席についた長井は、あらためて窓のむこうに顔をむけた。

眼下には、ぽっかりと穴が空いたように真っ暗な代々木の森が中央に見え、それを取り囲みながら、無数の光を敷き詰めた東京の街が果てしなくひろがっている。

「パークハイアットははじめてですか。丹下《たんげ》が設計した摩天楼最上階に、ジョン・モーフォードがデザインしたインテリア。フィットネスクラブの会員なので毎週来ていますけど、何度来てもここは心が浮き立ちます」

ウチダがメニューを手にとった。

「今日はバイクですか」

電車で来たと答えると、相手は嬉しそうに頬をゆるめた。

「では、シャンパンからはじめましょう」

注文が終わるのを待って、長井は口をひらいた。

「ヘルメット、みんなに羨ましがられます。本当に頂いちゃってよかったんですか」

青山《あおやま》の鮨《すし》屋で食事をした際、話の流れでヘルメットの買い替えを検討しているとウチダにつたえたら、いま愛用しているシンプソンのフルフェイスを贈ってくれた。

「もちろんです。優秀な頭脳はしっかり守ってもらわないといけません。それに、若き未来人を応援するのは我々世代の義務ですから」

スタッフの手でシャンパンが抜栓され、グラスにそそがれていく。

「それでは、長井さんの輝かしい未来に乾杯」

ウチダがグラスをかかげる。

長井もそれに倣い、シャンパンを口にふくんだ。

「学校生活は楽しんでますか」

「それなりに。進路はまだどうしようかなって感じなんですけど」

進路という言葉に喚起されるように、先日防衛省の幹部職員が口にしていた言葉が脳裏をかすめていった。

「なにかあれば、遠慮せずおっしゃってください。いつでも力になりますから」

ウチダはそう微笑むと、グラスから手を離し、右手の小指にはめた二連のリングを回していた。


長井は、チャイムも押さずに玄関のドアを開けた。

相変わらずゴミが散らかった廊下を抜けて居間に入ると、三人が疲れ切った表情でノートパソコンにむかっている。

「ごめん、広司」

大樹が弱りきった顔で手を合わせる。

「どうなってんの？」

長井は、衣類とゴミをどけてあぐらをかいた。

先週、開発が完了して無事に納品したところ、不具合はなく、仕様も満たしていたにもかかわらず、数か所の改修を求められた。その改修もどうにか済ませたばかりなのに、今日になって、やり直しの箇所があるためもう少し手伝ってほしいと大樹から連絡があったのだ。

「クライアントから連絡きて、それでまた仕様が変わって」

大樹がさも当然のように釈明している。

「変わったって、こないだ直してオッケーもらったばっかじゃん」

「そうなんだけど、今回は別のとこだから」

クライアントの言いなりになって、それを当然と思っているふうな大樹の態度が腹立たしかった。

「これってさ、追加の費用とかちゃんともらえてるの？」

「……うん」

相手の目に、落ち着かない光が揺れている。

「俺は口出しするような立場にないけど、でも、そういうことはちゃんとした方がいいよ」

作業に対価が発生しなければ、それはもはやビジネスとは呼べない。大樹の望む成功など、それこそ夢のまた夢にちがいなかった。

「今週の金曜日、クライアントに呼ばれてるんだけど、広司も一緒に行ってくれない？」

金曜日は、卒業生をふくめた見村研究会の集まりが入っている。長井は、難しいと首を横に振った。

「お願い、横にいるだけでいいから」

相手の言い方には、のっぴきならない必死さがこもっていた。

渋々了承すると、大樹の顔がやわらいだ。

「飲み物買ってくる」

大樹が部屋からいなくなり、張り詰めていた室内の空気が心なしか弛緩した。

「カズマン、大丈夫なのかな」

長井はふと気になって、無言で作業をつづけていた二人に声をかけた。

「……もうここには来ないかもな」

坂崎が他人事のようにつぶやいている。

「このまま、就職しないで大樹とやってくの？」

長井は、どちらにむけるでもなくたずねた。四人の中でもっとも技術力のあるカズマンがこのまま戻ってこないとなると、苦戦を強いられるのは目に見えていた。

二人は無言で顔を見合わせると、ヨウタが口をひらいた。

「そのつもりだけど……」

坂崎がつづけた。

「でも、なんつうのかな……大樹のあのテッペンにむかってがむしゃらに突っ走っていくのを見ると、すげえなって思うんだよな」

坂崎の言葉には、健気な響きがあった。

長井は理解をしめすようにうなずきつつ、どこか落ち着かない心持ちになっているのを自覚していた。


大広間の座敷では、ロースターの置かれた座卓がならび、白煙が立ち上る中、見村先生や見村研究会関係者が談笑しながら焼き肉をつついている。さきほど大学で行われた近況報告を兼ねた研究発表会が活況のもと終わり、なごやかな空気につつまれていた。

長井が端の席でウーロン茶を飲んでいると、タン塩をビールで流し込んでいた対面のOBが声をかけてきた。

「あれ、長井《ボブ》って酒呑めないんだっけ?」

このあと、大樹に同行する形でクライアントと会うことになっていて、大樹とは西麻布《にしあざぶ》の現地で落ち合う約束だった。電車でも行けたが、大樹と長い時間電車に揺られながら帰ると思うと、なんとなく気が重く、バイクで行くつもりでいる。

「西麻布?」

「先方が指定した店みたいで」

赤坂《あかさか》にある、クライアントのオフィスでない理由がわからなかった。

「お前、会社やってんだっけ？」

ＯＢが皿から滑らせるようにハラミを網の上に載せていく。

「いや、友達の会社手伝ってるんです」

かつて協力した企業から法人でないと支払い処理ができないと言われ、いちおうは自分の会社をもっていたが、ここで話すことではなかった。

「手伝ってるって一緒にやんないの？」

長井は、正直にそのつもりはないと答えた。血走った目で作業に没頭する大樹の顔が思い起こされる。

「じゃなに、どっか就職する気なの？」

その選択肢もまだ捨てていなかった。

「もったいないよ、そんなの」

網の上のハラミをひっくり返していたＯＢが顔をあげた。

「何百年に一度の情報革命のとば口にいるのに。それも、インターネットの神様の研究会にいといて。人に使われてる場合じゃないだろ」

なかばけしかけるように口元をゆるめ、焼けた肉を皿に取り分けてくれる。

このＯＢがそう主張するのも、自身が学生時代に起業し、携帯電話でインターネット接続ができるようになった黎明《れいめい》期にウェブサイト開発で大きな資産を築いたからにちがかもしれない。

「起業したときって、なんかヴィジョンみたいなものってあったんですか」

そうたずねてみたものの、自分の〝生き方〟をさだめるヒントが欲しかっただけなのかもしれない。

「あったかなぁ。求められるもの作ってるうちにそんなのどっかいっちゃったな」

ＯＢは無邪気に笑い、携帯電話を取り出して、一枚の画像を見せてきた。ゆったりとしたソファが置かれた、吹き抜けのリビングが映し出されている。

「六本木ヒルズレジデンスのペントハウス。別宅探してて、たまたま出てたから、速攻でおさえちゃった」

大樹が聞いたらきっと羨むだろう。

「金なんていくらあっても困らないんだから。お前も、チャレンジした方がいいよ」

達観したような助言を耳にしながら、長井は静かにうなずいていた。

「なんなの……ここは？」

奥のボックス席に腰掛けた長井は戸惑いを隠しきれないでいた。

「お客さんが経営してる店らしい」

隣の大樹が耳打ちしてくれる。

イベント利用を目的としているらしいラウンジ風の店内は、ふだん学校では目にしない派手で遊び慣れていそうな人たちでごった返していた。バーカウンターのほかに、ボックス席やソファセットがゆとりをもって配され、重低音が鳴りひびくＤＪブースの前には、人だかりができている。

大樹が誰かに気づいて立ち上がった。

「お疲れ様です」

四十がらみの二人の男がやってきて、むかいに腰掛けた。

大樹が頭を下げている左の男が社長のようだが、長井はその風采に呆気《あっけ》にとられた。金髪のオールバックで、Ｔシャツから伸びた両腕には手首までタトゥーが彫り込まれている。手の甲につらなる根性焼きの痕が痛々しい。

大樹から紹介されて長井が挨拶しようとしたとき、号泣した女が暴れながらテーブルにしなだれかかってきた。

「ぜんぶアタシのせいだからっ」

泥酔しているらしい。

「ぜんぶ、ぜんぶ、ぜんぶっ」

スタッフらしき顎鬚《あごひげ》の男がなだめながら女をかかえて連れていった。

入れ替わるように別の男が慌ててやってきた。

「どうもすみません」

社長を見つめる男の目に差し迫った光が浮かんでいる。

「なんだアレ」

「今日、デビュー作の撮影だったんですけど、童貞との４Pもので、いろいろスムーズにいかなくて」

おだやかならない話に、顔がこわばってくるのが自覚される。クライアントのグループ会社が、ＡＶプロダクションを経営しているというのは長井も大樹から聞かされていた。

「こないだも一人飛び降りたばっかだろ。ちゃんとケアしろよ」

社長はつまらなそうに男へ苦言を述べると、長井たちの方にむき直った。

「ぜんぜんダメらしいじゃん。なんだろ？」

社長に同意を求められた隣の若い部下が、媚びるような笑みを満面に貼り付けてうなずいている。

「いや、あの、ダメと言いますか――」

釈明をこころみる大樹をさえぎって、社長がつづけた。

「もっと、こっちのやりたいこと先回りしてチャチャッとやんないと。仕事なんだから。遊びじゃないんだよ」

物静かな言い方だったが、凄みを感じさせる。

「お前らさ、学生だからって適当にやっていいとか思ってる？」

「いえ……それはまったく思ってないです」

詰められてうろたえる姿は、まるでこないだのヨウタだった。

たまらず長井は割って入った。

「けど、仕様通りにちゃんと作ってますよ。最初の仕様とか、要件定義に問題があるんじゃないですか」

「なんだお前……感じ悪いな」

社長の目にかたい光が浮かんでいる。

「でも、ちゃんと作ってるのは事実なんで」

たとえクライアントであろうと、一方的に難癖をつけられるのは我慢ならない。

「広司、やめろって」

大樹に腕をつかまれる。

「おい、なんなんだこいつ」

「すみません、なんもわかってないんで」

長井は、ひどく失望した思いで口をつぐんでいた。

「……次こそちゃんとやるんで、もう一回やらせてください」

大樹が隣で深々と頭を下げているのが視界の端に映っている。唾棄したい衝動をただやり過ごすことしかできなかった。

店をあとにし、大樹と暗い路地を歩く。気まずい空気が流れ、しばらく互いに無言がつづいた。

沈黙に耐えられなかったのは、長井の方だった。

「社長っつうか、思いっきりヤカラじゃん」

「……ふだんはいい人だよ」

この期に及んで虚勢を張る大樹が哀れであり、腹立たしかった。

「手、引いた方がよくねえか」

口出しすべきではないと頭では理解していたが、言わずにはいられなかった。

「あんなん、付き合っちゃダメだよ」

勢いのまま本心を口に出すと、押し黙っていた大樹が立ち止まった。

「ここまできたら、引きたくても引けないんだって」

その目に苛立たしげな光がにじんでいた。

「なんで。ほかの仕事とってくりゃいいじゃん」

「……無理だよ」

これほど弱気な発言をする大樹を見るのは、はじめてかもしれない。

「これが、やりたかったことなの？」

相手の顔が怒気に染まる。言い過ぎたと思ったが、遅かった。

「んなわけねえじゃん。これやんないと、前に進めねえからやってんだって。わかったようなこと言うなよ」

人気《ひとけ》のない路地の暗がりに怒号がひびきわたる。

「なら、もうなんも言わね。悪いけど、俺はもうこれで引かせてもらうわ」

長井は、その場に立ち尽くしている大樹を置いて立ち去った。背中に聞こえてくる声はない。手に提げたヘルメットを持ち直し、光にみちた大通りの方へ歩いていく。


紗良と岸壁沿いの柵に歩み寄り、両肘をついてもたれた。

潮風が頬をなでる。所用で三田《みた》キャンパスにいた紗良をひろってこの公園まで運転してきた体の火照りを、いくぶんやわらげてくれる。

眼前には東京湾がひろがり、対岸につらなる高層ビル群がまばゆい電光をまとって夕暮れの空に映えていた。

長井は大都会の夕景に視線をすえたまま、大樹と決別した先日の顚末《てんまつ》をつたえた。

「そうだったんだ。大樹も大変そうだね、カズマンの件もだけど」

「大変っちゃ、大変なんだろうけどな……」

苦い記憶がよみがえってくる。あの晩は胸中がなかなか落ち着かず、帰り道をはずれて闇雲にバイクを走らせていた。

「後悔してんの？」

紗良の声に、挑むような響きがふくまれている。

「いや……まったく」

「大樹には悪いけど、広司はもっと自分のことに時間使った方がいいよ」

前にも紗良に同じことを指摘された。

「私なんか無理矢理ひねくり出さないと自己ＰＲすら埋まらないんだから。もったいないよ」

語気を強める紗良の言い分を耳にして、思わず長井は頰をゆるめた。

「こないだ、誰かのために自分を犠牲にする生き方は美しいって諭された」

「へえ。誰から」

「ワークショップでお世話になってる防衛省の人」

言いそう、と紗良が破顔している。

「そんな台詞なかなか出てこないよな」

長井はそう軽口をたたいてから、言葉を継いだ。

「だから、そっちの世界で挑戦しようと思ってる」

「そっちの世界って？」

左方にまたがるレインボーブリッジをながめていた紗良が長井に顔をむける。

「防衛省」

自分でも意外な選択だった。

「本気で言ってる？」

「見村研と両立させながらだけど」

そのような働き方、いや、生き方が本当に許されるのかはわからないが、可能というなら挑戦してみたかった。

「嫌いになった？」

からかい半分で聞いてみる。

「すっごい嫌いになった」

二人でひとしきり笑ってから、岸壁をはなれた。

園内の駐輪場にむかって歩いていると、隣でフルフェイスのヘルメットをぶらぶらさせている紗良の苦情が聞こえてくる。

「私、そっちのヘルメットがいい。これ、かぶるの大変」

二人でバイクに乗るときは、ウチダからもらったいつものヘルメットは紗良に貸し、それまでのジェット型のは長井がかぶることにしている。

「いいから、そっちかぶっとけって。あぶねえから」

そう言ってふたたび対岸に視線をもどすと、いつしか夜景に装いをあらため、ビルの狭間《はざま》に見える東京タワーがオレンジ色の光をまとっていた。

近くのファミリーレストランで夕食をとり、紗良の自宅までバイクを走らせる。エントリーシートを手伝う約束を先延ばしにしていた。

部屋に到着してどれくらい作業をつづけていたか、あくびが出てくる。

長井は、ノートパソコンの画面端の時刻に目をやった。気づけば日付が変わろうとしている。今夜はこのまま紗良の部屋に泊まっていくつもりだった。

「明日は？」

声をかけると、コーヒーテーブルのむかいでノートパソコンのキーボードをたたいていた紗良が顔をあげた。

「昼から学校行って、体育とあとグループワークがある。広司は？」

明日は二限から授業が入っていて、そのあとは防衛省に行く予定だった。

「防衛省って、面接？」

「面接とは言われてないけど、統合幕僚監部の偉い人がわざわざ時間作ってくれるみたい」

紗良が感心してなにか言いかけたとき、長井の携帯電話が着信した。

相手は坂崎だった。どうしてこの時間にかけてきたのかがわからない。出るのをためらってしまう。

「どうした」

平静をよそおって言った。

「ちょっとヤバい」

受話口越しに聞こえてくる坂崎の声が緊迫していた。

「ヤバいって？」

視界の片隅に、不安そうに見守っている紗良が映っている。

「まためんどくさい改修しろって言ってきて、明後日《あさって》の朝までとか納期切ってきたんだけど、絶対間に合わなくて」

忠告を聞かずに窮地におちいっている大樹たちを嘲りたかった。

「納期延ばしてもらいなよ」

長井は突き放すように言った。

「もう二回納期やぶってるから無理だって。できなかったら一千万補償しろとか言ってきてるらしい」

どう見積もっても大樹の会社にそんな大金を支払う能力はない。あの社長のことだから、ごめんなさいで済むとは思えなかった。

「……大樹はなんて言ってんの？」

「気合いで乗り切るとか言ってる。二徹で、ゾンビみたいになってる」

追い詰められてなおファイティングポーズをとろうとしている死神のような大樹の顔が想像できた。

「こっち来れない？」

坂崎が懇願するように言う。

黙って耳をかたむけていた長井は、返事もせずに電話を切った。少しためらってからノートパソコンをバックパックにしまい、床に放り投げていたジャケットを手にとった。

「……行くの？」

紗良の声に、かすかだが非難の響きがふくまれている。

「また連絡するわ」

玄関に置かれたフルフェイスのヘルメットを手にとったところ、紗良が気を利かせたのか、消臭剤で湿っている。長井はジェット型のヘルメットをもって、バイクにまたがった。

大樹のマンションを出ると、東の空がしらじらとしていた。

疲弊しきった長井は、バイクの前で紗良に電話をかけた。

「終わったわ」

なんでもないように言ったつもりが、絞り出した声は弱々しくかすれていた。

「どうにかなったの？」

紗良の声に不安がありありとにじんでいる。

「いちおう間に合ったっぽい」

丸二日ほぼ寝ずにコーディング作業をつづけた結果、ファンサイト内のオンラインショップにおける管理機能の改修をどうにか終え、納品することができた。あとは大樹たちでやってくれるだろう。

「防衛省の方は？」

紗良がさりげない調子で訊いてくる。

「そっちはダメっぽい。謝っても無理だろうな」

いちおう都合がつかなくなったと連絡は入れたものの、相手が相手なだけに見限られてしまうのは当然のことだった。

電話のむこうで紗良が苦笑している気配がする。

「いまからそっち行ってもいい？」

疲れきっていたが、紗良の顔を見たかった。

「待ってる」

ヘルメットをかぶってバイクにまたがると、後ろから呼ばれた。大樹の声だった。振り返れば、目の下に隈《くま》をつくって頬が痩せこけた大樹が、顔をくしゃくしゃにして笑っていた。

「ありがと。助かった」

屈託のない言葉が消耗した体にしみる。

「もう助けねえからな」

長井は手を上げて、バイクを発進させた。

すがすがしい朝の空気が気持ちいい。いつもは混雑ばかりしている国道も車の影はまばらで、うっすらと曙光《しょこう》をまとって幻想的だった。

全身が浅く痺《しび》れたような感覚が呼吸にしたがって断続的につづき、Vブーストのエンジン音がどこか遠いものに感じられる。このままいつまでもバイクに乗っていたいという奇妙な陶酔感と、紗良のシングルベッドで惰眠をむさぼりたいという欲求が頭の中で交錯していた。

国道を折れ、自動車工場沿いの県道を南下する。

視界に見える車はない。ギアを五速に上げて、アクセルをひらいていく。

さらに六速に上げようとしたとき、自動車工場のフェンスから猫が飛び出してくるのが見え、とっさにハンドルを切った。

目に映る景色がスローモーションとなっていく。

走って横切る猫が緩慢に移動し、バイクの進行方向とかさなっていく。反射的にブレーキを強く握った。猫が既《すんで》のところでバイクをかわすのが見え、安堵をおぼえた。

フロントタイヤがロックされ、バイクが横倒しになる。火花を散らしながらガードレールに突っ込んでいった。

金属が激しく潰れる音が鼓膜に突き刺さる。

気づけばガードレールとバイクに挟まれ、身動きがとれなかった。電話に手をのばそうとしたが、激痛が走る。足も腕も折れているらしい。力が入らなかった。

見れば、漏れたガソリンが引火し、バイクにまとわりついた赤い炎が這い上がってくる。長井は、燃えさかる炎に焼かれながら、紗良の名前を呼びつづけた。

戦場

青柳（石洋ハウス）

二〇一一年五月一日

早朝の国道はまだ車の影は少なく、通り雨で濡れた路面が陽光をはじき返してまばゆい。

ワンピースのゴルフウェアに痩身をつつんだ助手席のママが、化粧を直しながらあくびを嚙《か》み殺している。前夜は自身の店がちょうど七周年で、遅くまで常連と呑み歩いていたらしい。ステーションワゴンのハンドルを握った青柳《あおやぎ》は、無理を言って付き合ってくれたママに感謝の念をおぼえつつ、湘南《しょうなん》方面を目指して南下していった。

「いまどきのウェアっていやらし過ぎるよな。こんなオッパイ強調して。これ、中どうなってんだ」

松平《まつだいら》の卑猥《ひわい》な忍び笑いが後ろから聞こえてくる。

「ちょっと、スカートめくらないでください」

モエの動揺をふくんだ声が車内にひびいた。

見れば、眉をひそめたママが、無言で青柳に抗議の視線を送ってくる。

　ふだんはフリーランスのデザイナーだというモエは三ヶ月前に入店したばかりだという。二十代のアルバイトは貴重で、ママの反応は経営者として当然だった。青柳は申し訳ないと思いつつも、少々強引だが有力な地上げ屋であり、青柳の重要な取引先でもある松平の機嫌を損ねないよう、ここは耐えてほしいと顔をしかめてみせた。

　ふと、さきほどからかすかに聞こえていたはずのサイレンの音が次第に大きくなってくるのに気づく。バックミラーに目をやると、荷室に積んだキャディバッグになかば遮られながらも、後方から赤色灯を忙しく回転させた消防車が接近しているのが見えた。

「ん？」

　青柳は徐行して、車を路肩に停めた。

「なに、火事？」

　ママが首をのばすようにして窓外に目をやっている。

　緊急車両は一台だけではなかった。消防車や救急車がけたたましいサイレンを鳴らしながら次々と青柳の車を追い越し、前方の交差点を右折していく。

　すぐに小さくなっていくかに思えたサイレンの音は一定の大きさで鳴りつづけている。現場はこの近くのようだった。

　青柳はブレーキペダルから足をはなし、車を発進させた。

「この時間だから、寝タバコかもな。昔いたんだよ、だらしない近所のガキで。何度もボヤやって、最後は家ごと燃やしちまった」

バックミラーに映る松平が、賢《さか》しらな調子で意見しながら紙タバコを吸っていた。

「かわいそう」

モエがしおれた声を漏らす。

「命あるだけマシだけどな。命があれば、家がなくなろうとも水虫にかかろうとも、こうして泣く子も黙る、石洋《せきよう》ハウス開発本部の経費で美女とゴルフもできる」

「ちょ……太腿は駄目です」

モエの困惑する声に、たまらず青柳はおどけた調子でいさめた。

「シャチョウ、ここはセクキャバじゃないです。この時間はまだどこもやってません」

松平が愉快そうに笑う。

「青柳さん、そんな他人のことどうこう言える立場じゃないでしょう。来週、コンプライアンス委員会に呼び出されてるくらいなんだから」

「コンプライアンスって、法律がどうこうっていう——」

「ママさんね。青柳さんはね、こんな男前で、澄ました顔してBMW《ベンベ》転がしといて、会社では部下をこっぴどく虐《いじ》めてるんですよ」

「青柳さんそうなの？」

意外といったふうにママが驚いている。

「いやいや、ぜんぜん違います。部下にすごいメンタル豆腐の変なやつがいて、そいつが勝手に勘違いして通報しちゃっただけなんで」

「そうよね。青柳さんは愛妻家だから、そんなことしないよね」

ママの慰めとは裏腹に、バックミラーに映る松平が意味ありげに口元をゆるめている。青柳は舌打ちをこらえ、前方に視線をもどした。

その後、整備の行きわたったゴルフコースでラウンドを周り終え、車の荷室に乗り切らないキャディバッグの郵送手続きを済ませてから、青柳はロッカールームの奥に併設された浴場にむかった。

洗い場で汗を流し、ひろびろとした湯船に身をしずめる。疲労の蓄積した足をぞんぶんに伸ばし、束の間《つかのま》、窓ガラス越しにぼんやりと内庭をながめていると、あとからやってきた松平が青柳の隣に腰をおろした。

「お疲れ様です」

青柳はそう声をかけながら湯の中で居住まいを正した。

「来週はどちらでしたっけ？」

「千葉のＰＧＭです」

渋滞に引っかからなければいいんだけどな、と松平が不服そうに顔をしかめている。

「大丈夫ですよ、早朝プレーですから。また女の子呼びますんで」

松平はかたい表情のままうなずくと、待ち構えていたように口をひらいた。

「今日さ、モエちゃんとエッチしたいんだけど、かまわないよね？」

威圧的な言い方だった。

「……それは、本人次第ですけど」

モエが松平に体を許すとはとても思えなかった。ママの憤った顔が目にうかぶ。

「それくらい、こんな汚れ仕事ばっかやらされてるんだからコーディネートしてもらわないと。今度のやつもヤル気でないよ」

「それは困ります」

青柳は血相を変えた。松平から用地を仕入れられなくなると、今期の予算が達成できなくなってしまう。そうなれば、ようやく手に入れた現在の課長のポストもあやうくなりかねない。それだけはなんとしても避けなければならなかった。

モエを説得してみるとつたえると、松平がどこか楽しげにほくそ笑んだ。

「それで、幡ヶ谷《はたがや》の件は大丈夫そうですか」

「ごねまくってた中華料理屋の方はもう手付打ったんで、あの現場は大丈夫です。隣のビルに入ってるラーメン屋も金額の折り合いがつきそうですから」

松平が地上げをおこなっているのは、四軒の古びた建物からなる現場で、まとまれば大通りに面した三百坪を超える一団の土地が生まれる。低層階に商業施設をようした地下一階地上十五階のマンションを建設できる希少な物件だった。

「ウチにお願いしますね」

青柳は念を押すように語気を強めた。

「わかってますって。そのかわり、もう二千万上乗せさせてください」

「……二千万ですか」

立《た》ち退《の》きに応じないテナントの店主に納得して明け渡してもらうには、店の移転準備金としてどうしても追加で必要なのだという。すでに松平から呈示されている仕入れ金額ですら、採算ラインの瀬戸際だった。部長を説得し、了承を得ることができるのか。

「無理なら、今期中に話をまとめるのは諦めてください」

足元を見るようなにべもない語調だった。

「わかりました」

青柳は覚悟を決めて言った。

「そのかわり、必ずウチでお願いしますね」

相手は満足げにうなずき、くつろぎきったように体勢を崩して肩まで湯に浸《つ》かった。

「そういえば、まだ表になってないけど、フォージーハウスが地面師に八億やられたらしいよ。北参道《きたさんどう》だったかな」

松平ののんびりした声が浴場にひびく。

「地面師に騙される奴なんているんですか」

にわかに信じられなかった。業界内でもっとも勢いのあるフォージーハウスがよほど油断していたとしか考えられない。

「現に、やられてるからね。青柳さんも気をつけた方がいいよ」

――私はそこまで馬鹿じゃないですよ。

そう鼻で笑ってやりたい衝動を必死にこらえ、青柳は神妙をよそおって低頭した。


役員会議室には、張り詰めた空気がただよっていた。

石洋ハウスの顧問弁護士であるコンプライアンス委員長の事務的な声が、さきほどから断続的にひびきわたっている。

「つづいて、平成二十三年〇月〇日午前九時頃、青柳課長がキャビネットに思い切り拳をたたきつけて『お前はほんとに使えねえな。ここは戦場なんだよ。お前みたいな雑魚は肉壁にもならねえからとっとと消えろ』と朝礼の場で罵った」

委員長はそこで言葉を切り、手元の書類に落としていた視線をあげた。

「これは事実ですか」

重厚なテーブルのむこうで委員長とともに居並ぶ、監査役や総務部長など各委員の視線が青柳のもとにあつまる。

歯がゆい思いで報告書を聞いていた青柳は、あわてて口をひらいた。

「いや、それはなんというか相手方の勘違いといいますか、解釈の違いといいますか。こちらとしては部下のことを思って奮起をうながしただけのことで――」

なおも弁解しようとして、委員長にさえぎられた。

「解釈ではなく、事実かどうかをお聞きしています。このような事実はあったんですか、なかったんですか」

答えに窮した。

顔色をうかがうように隣を一瞥する。直属の上司である開発本部長はまるで関心がなさそうに、無言でテーブルの天板を見つめていた。

青柳は意を決して言った。

「……ありません」

待ち構えていたように委員長が眼鏡の鼻あてに手をやり、別の書類に目を落としている。

「先方の弁護士から、一連のやり取りを記録した日記と音声データがあるという通知書がきています」

顔から血の気が引いていくのが自覚された。

「裁判になれば証拠採用される可能性が高いです。あるいはそうした証拠がマスコミに流れても、甚大なレピュテーションリスクとなりえます。青柳さん、正直にお答えください。本当に事実ではないのですか」

嫌な汗が全身の毛穴から一斉に吹き出してくる。助け舟が欲しかった。視界の片隅に映る開発本部長は黙ったままだった。

かたく口をつぐんでいた青柳は唇をかすかにふるわせながら、

「……申し訳ありませんでした」

と、言葉を絞り出した。

委員会の事情聴取を終えて開発本部にもどると、すぐさま本部長室に呼ばれた。

本部長室のドアを開けると、エグゼクティブチェアに腰掛けた本部長が苛立たしげに眉をひそめていた。

直立不動の姿勢をとった青柳は、顔がひきつっているのを自覚しながら深々と頭をさげた。

「どうしてくれんだ、おめえ」

おごそかな本部長の低声が耳朶《じだ》にふれる。

「申し訳ありませんでしたっ」

よもや録音されているとは思っていなかった。

「俺さ、お前に気をつけろって言ったよな？」

「……功を焦りすぎました」

青柳は伏し目がちに言った。

「おい」

苛立たしげな声だった。

「功を焦ることと俺に迷惑かけんのとなんか関係あんのか」

答えられず、唇を引きむすんだ。

「功はもっと焦れ。幡ヶ谷の件どうなってんだ、間に合うのか」

ほんのわずかだが、期待をふくんだ訊き方に聞こえた。にわかに気持ちが明るんでくる。

「幡ヶ谷は大丈夫です。近日中にまとまります」

いっさいの迷いを振り捨てて言い切った。自然と声に力がみなぎっていた。

「それきっちりやれたら、コンプラのやつはなんとかしてやる」

青柳は救われた思いで低頭し、本部長室をあとにした。

課にもどってくると、部下たちが軽薄な笑みをうかべて雑談に興じているのが目に入った。

青柳は入り口で足を止めた。

「松尾《まつお》」

呼ばれたことにも気づかず、談笑をつづけている。

もう一度名前を呼ぶかわりに、かたわらのキャビネットを思い切り拳でたたきつけた。話し声が止《や》み、静まり返る。

「松尾さ」

ささやくような声で言った。

「俺が本部長に叱られてんのがそんなに面白いか」

松尾が度をうしなったように中途半端に腰をうかす。

「……いえ、そんな」

瞠目して口ごもっている。

「お前、今期未達だったら徹底的に潰すからな。いいな。いっさい容赦しねえから」

青ざめた表情の松尾を無視して自席に腰をおろすと、サーフィンで真っ黒に日焼けした課長補佐が書類をかかえてやってきた。

「高梨《たかなし》さんところが、池袋《いけぶくろ》の案件買わないかってきてます」

指定暴力団がメインの金主と噂《うわさ》される地上げ屋だった。大型開発が見込める池袋の種地をおさえ、立ち退き交渉をしているというのは以前から知っていた。地上げが成功したら競合ディベロッパーに卸すと聞いていたが、交渉に時間がかかって経費がかさみ、金額で折り合いがつかなくなったのかもしれない。

「いくらだ？」

「二十四億からです」

思ったよりも相当に高い。

「買いか？」

「うちのフォーマットでやるとすると、こんな感じです」

課長補佐が試算表をしめしてくる。

青柳はそれを見て眉をひそめた。この価格だと利益が出るどころか、かなりの赤字を引き受けなければならなかった。幡ヶ谷の案件で今期のノルマは達成できるとはいえ、これだけの規模の土地はそう簡単には出てこない。

少し思案したのち、険しい表情のままかぶりを振った。


亀有《かめあり》の駅にほど近い夜明けの住宅街をＢＭＷが走り抜けていく。この時間はまだ薄暗く、ひっそりとしていて人影もほとんどない。

青柳は、築浅の大型マンション前の路肩に車を停め、松平に電話をかけた。呼び出し音は鳴るものの、応答がない。約束の時間が過ぎても電話はつながらず、メッセージの返信もこない。自宅の部屋番号を聞いていなかったのは迂闊《うかつ》で、焦《じ》れた思いでエントランスを注視していても、ベルディングのキャディバッグを肩にかけた松平はいっこうにあらわれてこなかった。

自宅まで迎えに行くと約束している女性参加者二人に、それぞれ遅刻する旨メッセージを送っていると、ふと、エントランスに目がいった。

ゴルフウェア姿の松平がスーツ姿の男たちに囲まれて出てきた。あとにつづいて、同様にかたい表情をした数名の男が段ボールをかかえている。

彼らを待ち受けていたのか、物陰から二人の男性が飛び出てきて、不快そうに眉間に皺を寄せている松平にビデオカメラをむけながら、しきりになにごとか話しかけていた。

突然のことに事態が呑み込めず、青柳は混乱したまま車を降りた。

スーツの男たちにうながされ、前方に停まっていたセダンに身を入れようとした松平が青柳に気づいた。

「青柳っ」

静かな早朝の住宅街に怒声がひびきわたる。

「てめえのせいだからな。おぼえとけよっ」

男たちが松平の頭をおさえるようにして後部座席に押し込むと、すぐに車は走り出した。

記者とおぼしき男が、走り去る車にビデオカメラをむけている。青柳はおぼつかない足で記者に近づいていった。

「なにがあったんですか」

記者の顔に不審の色がうかぶ。

「松平さんの知人です」

そう告げると、相手が納得するようにうなずいた。

「警察にしょっぴかれたんですよ、地上げの非弁行為で。不法侵入と脅迫もつくって話ですけど」

なにかの間違いだと思いたかった。

「……非弁行為って、じゃ、刑務所入るんですか」

「相当めちゃくちゃやったみたいだから、執行猶予《べんとう》はつかないと思いますよ」

まさか刑務所に入るなど思ってもみない。松平がいなくなったら、幡ヶ谷の案件はどうなってしまうのか。得体のしれない焦燥感が胸中で膨らみつづけ、息苦しかった。

「申し訳ないんですが、顔は出さないんで、コメントいただけませんか」

記者がそう言ってビデオカメラをむけてくる。

青柳は、焦点の合わない目を路上にすえたまま、その場に立ち尽くしていた。

運転席にもどり、車を発進させる。松平の自宅マンション前をはなれ、やみくもに車を走らせた。

「……どうすんだ」

頭の中がいぜんとして錯乱している。どうすべきか考えが少しもまとまらない。

ふと見ると、助手席に転がしてあるサムスンのスマートフォンが鳴っている。迎えに行くと約束していた女性の一人だった。相手にしている場合ではなかった。

軽快な曲調を奏でる着信音がやんだ。

青柳は助手席に手をのばすと、静かになった端末をつかみ、課長補佐の携帯電話にスピーカーモードで発信した。二十コールを数えて、ようやく相手が出た。

「お疲れ様す」

寝ていたにしては威勢のいい声だった。

「お前、いまどこだ」

「幡ヶ谷の現場にむかっているところです」

課長補佐の声の後ろで波音が聞こえている。

「嘘つくなっ」

「すいません。外房《そとぼう》の海です」

この非常時に、呑気《のんき》に波遊びをしているのが許しがたかった。前方の信号が黄から赤に変わる。青柳は慌ててブレーキペダルを踏んだ。

「池袋の案件、まだ間に合うか」

激した感情をおさえてたずねる。

「買うんですか」

「俺が買えって言ってんだからつべこべ言わずに買えよ、この野郎」

怒りにまかせてステアリングに拳を打ちつけた。衝動的にスマートフォンをつかみとり、送話口にむかって、

「なんでもいいからいますぐ買え。買えなかったら、お前を地図帳で撲殺する」

と、苛立った声をぶつけた。

電話を切り、気づいたときには会社にむかって車を走らせていた。日曜日でも、たいていは午前中から会社にいるのを知っていた。

会社に着き、本部長室のドアをノックする。膝頭の震えが止まらない。

許可を得て室内に入ると、本部長はデスクの奥で書類に目を落としていた。唇がわななくのもかまわず、青柳は口をひらいた。

「幡ヶ谷の案件……今期中は難しくなりました」

手元の書類にむいていた顔がおもむろにあがった。

「お前、なに言ってんだ?」

背筋に冷たいものがおりてくる。逃げ出したいほど冷酷な表情だった。屈するようにその場で膝をつく。本部長の足元に置いてあるルイ・ヴィトンのブリーフケースが視界

に入っていた。

「申し訳ございません。必ず今期中に、他の案件で埋め合わせますっ」

青柳は声を張り上げると、全身に脂汗をかきながら床に額を押しつけつづけた。

ルイビトン

竹下（図面師）

二〇一一年五月八日

「ルイビトンっ」

五月の微風がわたるスタンド席には、本命が差し切ったメインレースの熱気がいまださめやらず、興奮した群衆の歓声で騒々しい。座席に腰をおろすことなく競馬新聞を握りしめた竹下《たけした》は、血走った目で最終レースの出走表をにらみつけていた。

直感だった。

この日は朝から負けつづけていた。もしかしたら、過去の戦績や下馬評にまどわされすぎていたのかもしれない。

「こうなったら一点勝負だろ」

そうつぶやきながら、マークカードの7番「ルイビトン」の単勝をプラスチックの短い鉛筆で乱雑に塗りつぶす。聞いたこともない馬の、十三頭立ての十番人気だった。名前の語感だけで決めた。勝って豪遊するつもりでひさびさに競馬場をおとずれたが、これで負けると、今月の家賃すら払えなくなってしまう。この馬に賭けるしかなかった。

刺繍《ししゅう》がびっしりと入った赤いナイキのジャージに身をつつんだ竹下は、ポケットに無造作に突っ込んでいた皺だらけの札を取り出した。数えてみると、残っているのは二万七千円だけだった。セカンドバッグに入れて有り金すべて持ってきた七十万円はすでにハズレ馬券となって消えていた。

隣の座席に目をやった。退屈しきった蘭子《らんこ》が、画面にクモの巣状のヒビが入ったスマートフォンを気だるそうにいじっている。五十歳をむかえた年初に、錦糸町《きんしちょう》の店で引っかけた四十すぎの女だった。

「あといくらある？」

なにか言いたげな顔を浮かべたあと、蘭子が二つ折りのグッチの財布をひらく。

「一万」

「ちょっとだけ貸しといてくれよ、あとでガツンと返すから」

まったくもって少ないが、いまは文句を垂れている場合ではない。投票締め切り時間がせまっていた。

「やめといたら？」

「いいからいいから」

「ぜんぶ使っちゃったら、焼き肉行けなくなっちゃうよ？」

焼き肉へ行くと言って無理やり連れてきたのを忘れていた。

「いいから早く出せって。大丈夫だよ、ぜったい来るから」

蘭子の金をつかむと、竹下は投票所を目指して階段を駆け上った。

投票券を買ってもどってくると、ちょうど眼下のダートコースのゲートに、出走馬たちが係員に伴われて集められていた。

竹下は腰をおろし、座席にそなえつけられたモニターを見つめた。

手持ちの金すべてを注《つ》ぎ込んだ七番ルイビトンには、オレンジ色の帽子と青の市松模様の勝負服をまとった騎手がまたがっている。単勝一五六倍、もし的中すれば五百七十七万二千円を手にすることになる。本業の不動産ブローカーの仕事からすればたかが知れているものの、いまは金がない。ここしばらく、いい案件がまわってこなかった。なんとしても当てなければならなかった。

「蘭子、なんか欲しいものあるか？　来たら半分やるよ」

いつの間にか気分が昂《たかぶ》っていた。的中する気しかしない。

「うーん、なんだろ。前歯、ぜんぶセラミッククラウンにしたいかも。タケちゃんマンみたいに真っ白なのはイヤだけど」

蘭子が歯をむき出しにして笑う。歯列の乱れた前歯の一部が黒く欠け、全体にタバコの脂《やに》で黄ばんでいた。

「ばーか、五百万かかってんだよ」

舌先で前歯の裏側をなぞる。二年前に、シンナーのやりすぎでボロボロだった歯を便器みたいに白い人工のものに変えた。

「タケちゃんマンはなにほしいの？」

「そうだな。ひとまずヴィトンで全身決めて、蘭子連れてハワイでも行くかな」

そう笑い飛ばしながら、コースに視線をむけた。まもなくゲートが開き、十三頭の馬が一斉に飛び出す。

竹下は目をこらし、コースとモニターに交互に視線を走らせた。間もなく一頭が馬群から抜け出し、先頭に立つ。ルイビトンだった。

「ルイビトンっ」

思わず立ち上がる。

最終コーナーを抜けても、背後に馬群をしたがえたルイビトンがなお先頭を走っている。

「ルイビトーンっ」

絶叫し、拳を振り上げた。

残り二百メートルを切った。まだかろうじて一馬身差離している。追いすがる他馬がみるみる距離を詰めてくる。

「そのままっ」

喉が痛む。

「そのままーっ」

叫ばずにはいられなかった。

ゴール寸前で数頭が団子になり、そのままなだれ込んだ。

「ルイビトンだろっ」

新聞をテーブルにたたきつけ、すぐさま着順掲示板に目をむける。一着と二着が空欄のまま、その横に〝写真〟と掲示されている。

息を詰めるように無言で見守った。心臓が激しい音を立てて脈打っている。

やがて結果が確定した。ルイビトンはハナ差でとどかず、二着だった。マークシートを握りしめたまま、呆然と立ち尽くす。

「……負けちゃったね」

なぐさめるような蘭子の声がかえって神経にさわった。

「うるせぇんだよ、この野郎。ぶっ飛ばすぞ」

「だからやめた方がいいって言ったのに」

竹下がなおも怒鳴り散らそうとしたとき、ポケットに突っ込んでいた携帯電話が鳴っているのに気づいた。見れば、ディスプレイには手下のマルの名前が表示されている。

「んだよ」

竹下が送話口にむかって苛立ちをぶつけると、それが特徴の呑気な声が返ってきた。
「目黒《めぐろ》なんですけど、面白いの出てきました」

店内のカウンターでは、ママ相手に若いひとり客が静かに酒を口にしている。何度か来たことのあるスナックで、錦糸町では珍しくまだ出禁を食らっていない。

竹下は蘭子とともに奥のボックス席に陣取り、キープしてあったボトルの水割りを片手に、マルの報告に耳をかたむけていた。マルによれば、都心の一等地にある邸宅の所有者が一昨年《おととし》亡くなり、香港《ホンコン》に暮らすひとり息子に相続されたが、どういう事情かいまだ名義変更がされていないのだという。物件は敷地面積が八十坪におよぶうえ、駅からほど近い第一種中高層住居専用地域の通りに面している。買い手には困らない。現況は誰かが住んでいたり管理されていたりする様子はなく、写真で見るかぎり野ざらしの状態だった。

「いいじゃねえか、これ」

竹下は労をねぎらうようにマルの分厚い肩をたたき、グラスの酒を乾《ほ》した。

「だから言ったじゃないですか」

嬉しそうに笑い、ただでさえ肉で埋まりそうな目を細めている。

もともと相撲部屋にいたマルは、上背はないのに、現役引退して二年経ったいまも百三十キロを下回っていない。相撲の世界しか知らないせいか、当人の資質のせいか、せっかく仕事についても長続きせずクビになってしまうため、知人に請われる形で、ときどき竹下の仕事を手伝わせている。

「ウラ取ってあんだろうな？」

ついこないだもヘマをやらかしたばかりだった。

「近所に住んでる町内会のおばちゃんも言ってたんで、間違いないす」

マルが額に汗をにじませながら慌てて言った。

「よし、ハリソン山中にこの話持っていこ。あいつなら形にしてくれる」

「なにその、ハリソンなんちゃらって？」

慣れた手つきで竹下の水割りをつくっていた蘭子が口をはさんだ。

「有名な地面師す。不動産の専門家みたいもんすよ」

「変態だけどな。けど、仕事は間違いない。きっちり金にしてくれる」

にわかに気持ちが軽くなってくる。この仕事がうまく嵌《は》まれば、億からの金が転がり込んでくるかもしれない。たかだか数十万円のはした金を競馬ですったくらいで気を揉《も》んでいたのが馬鹿らしかった。

「金の算段もついたし、河岸変えるぞ」

竹下は残りの酒をあおると、腰をうかしてマルに顔をむけた。

「お前、ここ出しといて」

「え。自分金ないっすよ」

目に当惑の色をにじませながら巨大な尻を浮かし、ジーンズの尻ポケットに突っ込んでいたナイロンの財布をひらいている。信じがたいことに札が一枚も入ってない。

「んだよ、てめえ。使えねーな」

竹下はフェードカットしたマルの頭を力まかせにたたき、カウンターのむこうに立つママにむかって愛想笑いを浮かべた。

「悪いんだけどさ、今日のやつ、ツケといて」

「……ツケって、それは困ります。前回とその前の分もいただいてないですから」

予想に反し、毅然《きぜん》とした態度で断られる。水を差された思いだった。

「んなこと言ったって、いま手持ちないんだよ。今度まとめてドカッと色つけて払うからさ、いいじゃん」

道化を演じるように手を合わせて頼んでみる。相手の笑いを引き出せばいいだけのことだった。

「でも、支払っていただかないと、次いついらっしゃるかもわからないし」

笑うどころか、ますます態度を硬化させていく。

「ママもわかんねー女だなぁ」

あまりにも聞き分けが悪い。わずらわしくなってきた。

「今度来たときにちゃんと払うって言ってんじゃん。金はあるの。心配いらねーから、ダイジョブダイジョブ」

竹下はぞんざいに言い残して蘭子とマルを連れて店を出ると、カウンターで静観していた男が追いかけてきた。

「無銭飲食ですよ。払わないんなら警察呼びます」

竹下は踵を返し、苛立ちをおぼえながら男とむかいあった。なにかしら運動習慣があるのかもしれない。座っているときにはわからなかったが、思いのほかがっしりした体格をしている。

「なんだお前、関係ねえだろ」

巨体を揺らしながらすかさず割って入ってきたマルが、男ににじり寄って肩を小突く。

「おい、やめろやめろ」

ここで警察沙汰にでもなったら、せっかく盛り上がった気分が台無しだった。

「竹下さん大丈夫す。自分にやらせてください」

逆上したマルが、感情に流されるままもう一度男に手をのばす。

もみ合いが始まり、瞬間、男が素早く身をひるがえしたかと思うと、マルの巨体を背負ってそのまま体に巻き付けるように倒れ込んだ。素人の芸当ではない。武道の心得がある見事な背負い投げだった。

背中からアスファルトの地面に叩きつけられたマルが悶絶《もんぜつ》している。

「おい、平気か」

竹下は声をかけてみたものの、激昂してまったく耳に入っていないらしい。

マルは顔をしかめながら立ち上がると、男めがけて突進していった。男が軽やかな身のこなしで、暴走する巨体をかわす。

気づいたときには、体勢を崩したマルが目の前にいた。竹下は避けきれず、マルに突き飛ばされるように地面に倒れ込んだ。縁石に顔面をぶつけ、鈍い音がする。突っ伏したまま顔をゆがめて目をあけると、すぐそこに白い石ころがいくつも転がっている。焦点が暈《ぼ》けて、輪郭が曖昧だった。

背中にマルがのしかかり、息が苦しい。

「どけ、デブっ」

鉛でできた布団のようなマルを突き飛ばし、あらためて石ころを見てみると、視界に飛び込んできたのは、粉々になったセラミッククラウンの歯にちがいなかった。

おそるおそる舌先で前歯の裏をなぞってみる。隙間だらけだった。

「畜生っ」

血の混じった唾液が滴り落ちるのもそのままに、竹下は粉々の人工歯に鉄槌《てっつい》を振り下ろした。

ぼんやりと待っていると、やがてホームに地下鉄の列車が轟音《ごうおん》をあげながらすべりこんできた。竹下は乗客が降りるのを待ってから、車内に乗り込み、手近の吊り革をつかんだ。

列車に揺られながら、なにげなくドア上にかかげられた路線図に視線をむける。目的の駅のひとつ隣であり、国技館のある〝両国《りょうごく》〟に目が留まった。

相撲つながりで、半年前に故郷の大分に引き上げたマルのことが連想され、ついで、一年半ほど前のスナックでの騒動が思い起こされた。チャップリンの映画でも観ているようなあまりの間抜けさに、笑いがこみあげてくる。

竹下は、笑いを押し隠すようにして、窓ガラスに映る自身の姿に目をやった。

つい先日、仕事の成功を祝って銀座《ぎんざ》店で購入したルイ・ヴィトンのセットアップに身をつつんでいる。七十万円ほどしたが、紺色の生地には小さなロゴが隙間なくあしらわれていて、気分を高めてくれる。

窓ガラスに映る自分を見つめたまま、口角をあげて笑う。ゆっくりと前歯をむき出しにしてみる。数日前に、歯医者で新たに入れてもらった人工歯だった。縁石にぶつかって粉々になったのと同じように、陶器みたいに真っ白にかがやいている。

正面の座席では、若いサラリーマン二人が会話を交わしていた。どこか楽しげな口調で仕事の愚痴やプライベートな話題を行き交わせている。

竹下は彼らの目を気にすることなく、窓ガラスに映る自分に笑いかけるように繰り返し白い歯列をむいていた。

天賦の仮面

麗子（手配師）

二〇一二年十二月一日

暖房の効いた都営大江戸線の車内は、地下のトンネルに反響した走行音が漏れつたわってきてかまびすしい。平日ならこの時間は通勤ラッシュで鮨詰になるが、週末の朝とあってシートと吊り革が埋まる程度だった。

自宅マンションのある森下《もりした》駅で乗車した岩瀬麗子《いわせれいこ》は、吊り革につかまりながら携帯電話《iPhone5》を鞄から取り出した。ロックを解除した画面には、今年竣工《しゅんこう》したばかりの、樅《もみ》の木を模して緑色にライトアップされた東京スカイツリーが映し出されている。仕事があるほかはなんの予定もないクリスマスが間近にせまっていた。

アプリのスケジュール帳で予定を確認する。この日は、勤務先であるデートクラブの新規会員の面談と撮影が数件入っていた。明日以降の予定を確認していると、騒々しい走行音にまぎれながら、正面のシートに座る二人組のサラリーマンの会話がやたらと意識されてくる。

「いま降りてった奴、ヤバくね？　歯、セラミックで、全身ルイ・ヴィトンの」

ともに二十代か。麗子より一回りは年少に見える。

「それにしても、昨日のサトちゃん、よかったなぁ。酒ガンガンいって、ノリもよかったし。もう一回会いたい」

黒縁の眼鏡をかけた小柄な方が相好を崩している。

「サトちゃんて、小学校の先生やってる子？」

昼の分厚い丸顔が驚いて、黒縁の眼鏡に顔をむけている。

「そうそう」

「いや、あれは一番ないでしょ」

丸顔の声に、嘲笑するような響きがふくまれていた。

「なんで。おっぱいも大きかったじゃん」

黒縁の眼鏡が真顔で返す。

「さすがに、あの顔面は無理でしょ。あんなん、どう見たってクリーチャーじゃん」

「お前、ホントぶっ飛ばすよ」

二人の哄笑《こうしょう》が車内にひびく。

じっと携帯電話を握りしめていた麗子は耐えがたくなり、深呼吸するように画面から顔をあげた。窓上のスペースに、二重手術をすすめる美容整形クリニックの広告が掲示されている。

動悸がし、広告からはずした視線を正面にすえた。トンネルの暗い壁しか見えない窓ガラスに、自身の顔が映り浮かびあがっている。

公務員時代に、なるべく目立たないようにつらぬいていた黒髪のボブは、毛先を巻いた明るいロングに一転している。縁なしの眼鏡をかけて申し訳程度にしか化粧をしていなかった目元も、化粧で華やかになっているだけでなく、埋没法で二重に整形し、目頭も切っている。ずっとコンプレックスだった鼻は、人工軟骨を入れて鼻筋を通し、鼻先も脂肪を抜いたうえで軟骨を移植してシャープさを出していた。

――あなたは顔が悪いんだから。

大学進学を機に名古屋の実家を出るまで、口癖のように母が言い放っていた言葉がよみがえってくる。

麗子は、窓に映る自分を見つめたまま、そっと顔を横にむけた。鼻先と顎をむすんだEラインに、グロスを塗った唇がはみ出している。小さすぎる顎のせいにちがいなかった。

母の嫌味がふたたび耳の奥で聞こえる。際限なく押し寄せてくる苛立ちをおぼえながら、首に巻いていたカシミアのマフラーに顔をうずめた。

東銀座《ひがしぎんざ》の外れに建つ、雑居ビルの五階にあるオフィスに出勤すると、まだ誰も姿を見せていない。少なくとも始業時刻の三十分前には仕事をはじめられる状態にするのは、公務員時代からの習慣だった。

自席に腰をおろした麗子は、前日に他のスタッフが面談した新規の女性会員のヒアリングシートの束に目を通していった。

金がほしい女性と金で異性とデートしたい男性をつなぐデートクラブには、男性会員からの経済的援助とクラブが身分保証する安心を求めて、女性会員の入会希望が引きも切らない。都内や地方都市にてびろく展開するクラブの中で、銀座店のマネージャーをまかされている麗子にとって、全部で四つにおよぶ女性のクラス分けだけでなく、会員の質維持のため登録の可否を判断するのも大事な業務だった。

一枚のヒアリングシートで手が止まる。

併設の専用スタジオで撮影された写真の中では、昨日面接したばかりのミニスカート姿の若い女性が、後ろで手を組みながらこちらに会釈している。完璧な容姿だった。

ヒアリングシートの項目欄に目を通していく。女性は二十歳で、上智《じょうち》大学に通う現役の女子大生だった。最寄り駅は目黒《めぐろ》で実家暮らし、美容整形手術の有無は〝なし〟、入会動機はブランド品の購入と人脈づくりと記されていた。

虚《むな》しさを感じるほど、自分にはないものをすべてもっている。湧き上がる嫉妬をやり過ごしつつ、入会金四十万円、一回につきセッティング料金十五万円を払った男性会員しかオファーできない最上位ランクの「ブラック」にチェックを入れた。

作業をつづけているうちに約束の十一時になり、入会を希望する「入江真紀《いりえまき》」が面談にやってきた。席を立ち、ダッフルコートと鞄を腕にかけた入江を応接室に通す。

クラブのシステムを説明したのち、入江にヒアリングシートをわたして基本的な個人情報を記入してもらう。

麗子は、ペンを動かす入江をさりげなくうかがった。本人なりに頑張っているのだろうが、化粧もファッションもまったく垢抜《あかぬ》けていなかった。もっとも低いランクでも、男性会員からのオファーは難しいかもしれない。入会を断ろうか迷う。下手に期待させるくらいなら、最初から断ってしまった方が本人のためだった。

「書けました」

入江がヒアリングシートをはさんだバインダーをよこす。

麗子は、礼を述べてヒアリングシートに目を落とした。実直な性格のあらわれなのか、達筆ではなかったが、丁寧に書かれた字がそこにはならんでいた。三十三歳、最寄り駅は新小岩《しんこいわ》、独身、ひとり暮らし、職業の欄には公務員と書かれている。男性会員からデート代をもらった場合は雑所得として課税対象となり、副業が禁じられている公務員の規則に引っかかるが、そんなことを気にする会員は誰もいないし、入会をさまたげる理由にもならない。

「公務員ということですけど、差し支えなければ具体的におうかがいしてもいいですか」

純粋な好奇心から訊いてみたかった。

「区役所に勤務しています」

にわかに親近感をおぼえる。入江も、自分と同じように鬱屈した毎日を送っているのかもしれない。

麗子はヒアリングシートに目をもどした。身長百六十一センチ、体重五十キロ、バストC、入会動機には借金返済と記されている。

「借金って、どれくらいか訊いてもいい？」

気づけばくだけた口調になっている。

「奨学金と消費者金融あわせて二百五十くらいですかね。病気で、ずっと休職してて」

麗子は神妙にうなずいてみせた。いつの間にか同情している自分に気づく。切り捨てるよりも、手を差しのべたかった。

ヒアリングシートを見ると、食事だけの交際を望むという項目にチェックが入っている。

「セックスって、嫌い？」

黙っているが、相手の目にはあからさまな動揺の色が浮かんでいる。

「食事だけだと、交通費の一万円しかお手当が出ないのね。それに、ここに入会している男性は基本的には肉体関係を望んでるから」

食事だけを楽しむ男性会員も中にはいるが、グループ全体で数千人登録している会員の中でも例外中の例外で、その会員にしても女性の容姿にはうるさい。

「厳しいこと言うようだけど、これだとオファーがひとつも来ないと思う」

麗子はそこで言葉を切ると、語気を強めてつづけた。

「もちろん、フィーリングと相手次第で、入江さんが気が乗らなかったらぜんぜん断っても大丈夫なんだけど、こっちの含みは絶対に残しておいた方がいいと思う。どう?」

入江が落ち着かない様子で手をすりあわせている。やがて意を決したようにうなずいた。

「ちょっと、立ってみて。そこでゆっくり回ってみて」

麗子は、注意深く入江のプロポーションを観察した。

やや猫背で肉付きにメリハリもないが、太っているわけではない。問題は、年齢にそぐわない花柄のワンピースにサーモンピンクのカーディガンを羽織った服装と、十数年前で時間が止まったような時代遅れのメイクだった。この状態で撮影しても、オファーは期待できない。

「いま着てるのも悪くはないんだけど、でも、衣装があるから撮影はそっちに着替えた方がいいと思う。ヒールもサイズあるから」

麗子は、いったん自席にもどってメイクポーチと衣装を取ってくると、

「本当はセルフメイクなんだけど、ちょっとだけ直させて」

と、入江とむかいあい、クレンジングを染み込ませたコットンで目元のメイクを丹念に落としていった。


入江の写真撮影を無事に終えてから、近くの公園で水筒の温かいお茶と手作りのおにぎりの遅い昼食をとる。いつもの日課だった。

食事を済ませると、ビルに囲まれた小さな公園を少しだけ歩き、萬年橋《まんねんばし》のたもとから眼下を流れる首都高速の車の往来をながめた。

二年ほど前に求人サイト経由でいまのデートクラブに転職してからというもの、昼食のために店に入ったのは数えるほどしかない。役所に勤めていたときも、昼休みはわざわざ近所の公園まで行ってひとりの時間を過ごすようにしていた。それが心落ち着くのも、実家にいた当時の、母の悪態から逃れる防衛策がいまだに抜けきれないだけなのかもしれない。

オフィスにもどろうとして、男の声で後ろから呼び止められた。

振り向くと、スーツにダウンジャケットを羽織り、口髭をたくわえた同年代の男が立

っていた。闇金だった。

「お疲れ様です」

相手が微笑しながら慇懃に低頭する。

「え、なになに、職場には来ないでって言ってんじゃん」

「いえ、こっちの方でたまたま用事があったんで、お会いした方が早いかなと思いまして」

美容整形の手術費用とハイブランドの衣服代でつくった消費者金融からの借金で首がまわらなくなり、先月、苦しまぎれに、闇金から十日で一割の金利で五十万円を借りうけた。デートクラブのマネージャーといってもしょせんは雇われで、主任だった公務員のときの給料とそう変わらない。美容への出費がおさえられないために、消費者金融への毎月六万円の返済と、十日で五万円におよぶ闇金の利払いだけで精一杯だった。生活が破綻しかかっていた。

「今回の支払いまだなんですけど、どうされます。利払い《ジャンプ》のみにします?」

躊躇したものの、懐の寂しさに変わりはない。

「……ジャンプで」

「承知しました」

麗子は、近くのコンビニエンスストアで下ろしたなけなしの預金で利子分を払い、闇金と別れた。

オフィスへもどる道すがら、知らず知らずのうちに早足になっていく。ゆっくり歩いていると、言いしれぬ不安に押しつぶされそうだった。

オフィスにもどって、麗子が自席に腰掛けるなり、

「いま、ちょっといいですか」

と、女性スタッフがやってきた。

「さっき、男性会員の方からクレーム入ったんですけど」

「クレームって？」

よくあるのは女性がデートを直前にキャンセル、もしくは連絡もなしに待ち合わせ場所にあらわれないケースだが、今回もそれなのか。

「セッティングしたひとが写真とぜんぜんちがうって」

女性の会員ネームを聞けば、一度だけ麗子も話したことのある既婚のプラチナ会員で、年齢よりずっと若く見える華やかな雰囲気の美食家だった。結婚生活に強いストレスをかかえていると言っていたから、食べすぎて体型が変わってしまったのかもしれない。

「責任者出せって、すっごい怒ってるんですけど」

「どんなお客さん？」

「五十三歳のプラチナ会員で、三十代後半の女性会員を中心に最近よく利用されてま

す」

麗子は、スタッフの言葉を反芻《はんすう》するように二、三度うなずいた。

上から二番目のプラチナ会員でも、入会金十五万円で一回のセッティング料金も八万円が必要となる。経済的な余裕だけでなく、多くの男性会員が二十代の女性会員を希望する中、三十代後半の女性を好んでいるというのも都合がよかった。

「セッティング料いただかないで、人気の会員さん紹介する形ですすめようと思うんですけど、いいですか」

スタッフの提案は、マニュアルにしたがった正しい対応だった。

「それ、私まきとるから。男性会員の情報教えて」

その日の夕刻、仕事を早めに切り上げた麗子は、オフィスから歩いて行ける第一ホテル東京にむかった。

ラウンジで待っていると、ホテルのスタッフに案内されて、時間どおりに男性会員があらわれた。

年収三千万円の会社経営者で、入会動機には〝刺激を求めて〟と登録されていたため、すっかり豪傑な容貌を想像していたが、予想に反しておっとりとした感じだった。

「このたびは大変ご不快な思いをさせてしまい、申し訳ありませんでした」

麗子は立ち上がって、深々と頭を下げた。

「高い金払って、あれはないだろ」

返ってきた声に、とがった響きはふくまれていない。誠意がつたわったのかもしれなかった。

「次回、セッティング料は私どもでもたせていただいた上で、別の女性会員さまをご紹介させていただきたいんですが」

そう提案すると、あっさりと了承してくれる。

「二十代の女性よりは、やはり三十代の方がよろしいですか」

慎重に切り出す。

登録された情報には、好みのタイプとして、〝大人っぽい〟だけでなく、〝二十二～三十五歳くらい〟とあった。実際には三十代後半の女性会員にオファーをかさねている会員だが、本人申告の希望内容を鑑みると、微妙なところだった。

「若いのも悪かないんだけどな。けど、なんかこう、こっちがナメられてる感じがしてな」

それを聞いて、安堵した。

「それでしたら、特別に、リストにまだ載っていない女性会員さまもご紹介可能です」

思い切って言った。心臓が音を立てて鳴っていた。

「そんなのいんの？」

相手の目に好奇の光が浮かんでいる。

麗子はうなずいてタブレット端末を操作し、ひそかに用意していた写真を見せた。写真にうつっているのは、麗子自身だった。

瞠目した男性会員が信じられないといったように口元をだらしなくゆるめている。

麗子は、タイトスカートでラインが強調された脚を挑発的に組み替えると、秘密を共有するように人差し指をそっと唇にそえた。

＊

旅券課では、管轄するパスポートセンターの窓口受付時間がせまり、職員たちが慌ただしく業務に取り組んでいる。

この日も課内では誰よりも早く登庁していた入庁十五年目の麗子は、自席で書類をチェックしていた。

凝視しすぎて目が乾燥している。折りたたみの手鏡を面前に寄せてみると、充血がひどい。昨夜も、択一試験対策の問題集を遅くまで解いていた。縁なしの眼鏡をはずし、目薬をさして瞬《まばた》きを繰り返す。

業務を再開すべく眼鏡をかけ直し、手鏡をたたもうとして、ふと鏡に映る自分の顔に目がいく。控えめな感じを狙って先日美容室で切ったばかりのボブが、薄く化粧をしただけの沈みきった顔面の醜さをかえって際立たせているような気がした。

――あなたは顔が悪いんだから。

反射的に鏡を閉じ、素早く鞄にしまった。

「おめでと。女の子だったよな？」

麗子の島にやってきた課長が、はすむかいに座る部下の男性職員に声をかけている。先日、初子が生まれたばかりだった。

「かわいいだろ。どっちに似てんだ？」

課長が青髭の浮いた口をゆがめ、タバコの脂で黄ばんだ歯列をのぞかせる。

「どっちかっていったら、嫁ですね」

恐縮しながらも部下が顔をほころばせている。

「よかったじゃねえかよ。お前に似てたら、この先苦労しちゃうよ？」

課長の高笑いを耳にしながら、麗子はじっと書類に目を落としていた。自分は関係ないと頭ではわかっているのに、心がざわついてしまう。

小さな頃から自分の顔にコンプレックスをいだいてきた。思春期をむかえ、ささやかな化粧とヘアスタイルの工夫でどうにか克服をこころみたこともあったが、いつもなにかしらの理由で不機嫌な母から、「無駄な抵抗」などの言葉を浴びせられ、いつか諦めるようになってしまった。

コンプレックスと真正面からむきあう代わりに、ひたすら勉強に打ち込んだ。容姿では人より劣っても、テストの点数なら努力で優《まさ》ることができる。机にむかっている間は自分の顔を忘れることができた。

地元の学区で一番の公立高校にすすみ、卒業後は私立に通えるほどの経済的余裕はなかったから、実家を出て横浜の国立大学に進学した。就職は、筆記試験がものをいう公務員に当初から狙いをさだめ、無事に採用されたあとも昇進試験にはげみ、いまは主任のポストを得ている。同期の中でも順調に出世している方なのに、いっこうに心は満たされず、認められた感じがしなかった。

「岩瀬さん、取り込み中のところごめん」

顔をあげると、四十歳を過ぎて頭髪がすっかり薄くなった課長代理がかたわらに立っていた。

「こんど新しくきた山内《やまうち》さんに教えなきゃいけないことあるから、ちょっとだけ窓口代わってもらってもいい？」

麗子は、窓口でパスポート申請者の受付をしている山内に視線をむけた。すらりとした痩身で、はっとするほど顔立ちがととのっている。臨時職員として採用されたばかりだったが、しょせんは高卒なのに、二十三歳という若さもあって男性職員のあいだでは彼女の話題でもちきりだった。

「私でよければ、教えましょうか」

見え透いた課長代理の下心が気に入らなかった。

「いいからいいから。こっちでやっちゃうから気にしないで」

しぶしぶ受付を交代すると、山内が屈託のない笑顔で礼を述べてくる。無視して椅子に腰掛けた。

正午近くまで機械的に窓口業務をつづけ、そろそろ自分の業務にもどらねばと思っていた矢先のことだった。

次にやってきた男性が、「紛失一般旅券等届出書」とともにパスポートの再発行を申請してきた。ウチダという申請者の姓、満五十五歳の年齢、再発行、それらの組み合わせに引っかかるものがある。

あらためてカウンターのむこうを見ると、上質そうなスリーピースのスーツにロングコートをまとった紳士然としたウチダが会釈している。山内とは別の臨時職員につきっきりでトレーニングしていた先月にも、ウチダが再発行を申請しにきたのを思い出した。

「……また紛失されたんですか」

「このところ引越しがつづきましてね。なにしろ荷物が多いものですから、毎回どこかに消えてしまうんですよ」

カウンターに置かれた右手の小指にはめられた指輪に目がいく。サラリーマンではなさそうだった。

「パスポートに限らず、ふっとなにかが身の回りから消えてしまうことってありませんか」

ウチダの明るい低声を聞き、大学進学の際に横浜の三ツ沢《みざわ》ではじめて借りた、まだ家具もなにもないワンルームの部屋が脳裏をよぎる。母からようやく逃れられた安堵と、新しい生活がはじまる期待が当初は室内に充満していたが、いつかすっかり消失していた。

遅い昼休みをとり、いつものように近所の公園まで足をのばす。園内にはそこかしこにブルーシートが張られ、ホームレスの人たちが寝転がったり、呆然とベンチに座って陽《ひ》に当たっている。

麗子は空いているベンチに腰掛け、自宅から持参したおにぎりをほおばりながら、論文試験対策の資料に目を通していった。

「クリスマスもここで過ごすのかわいそうだよな」

社内恋愛かもしれない、眼前を通りかかった男女が手をつなぎながら、ホームレスの方を瞥見している。

「私はどこで過ごさせてくれるの？」

幸福そうな男女の笑い声を耳にしているうち、息苦しくなってくる。

麗子は資料を置いて、急き立《せ》てられるように鞄から携帯電話を取り出した。胸が高鳴った。純也《じゅんや》からメッセージがとどいている。

〝今夜、会食なくなったから、メシでも行かない？〟

息苦しかった胸内がすっと晴れ渡っていく。


その夜、西荻窪《にしおぎくぼ》にある馴染みのトラットリアで純也と食事をともにした。

「もうちょっと呑む？」

純也がカウンターに置かれたワインボトルを手にし、残り少なくなった麗子のグラスに目をむけている。

さりげなく気をまわしてくれる純也の優しさが、ささくれだった胸内にしみる。商社に勤務する五歳年長の純也とは、半年前に、民間のイベント会社が主催する独身者むけの合同コンパで知り合った。会場で早々と孤立し、参加したことへの深い後悔が波浪のように押し寄せてきたとき、気さくに話しかけてくれたのが純也だった。あらためてそこで巡り合った幸運と、そこから交際に発展した互いの相性に感謝したくなる。

「ありがと」

グラスにワインをそそいでもらいながら、純也の横顔をうかがう。

やや受け口で目は小さく、顎と頬に贅肉がついていて、見ようによってはブルドッグフェイスに映らなくもない。お世辞にもハンサムとは言えないものの、麗子にとってはむしろそれくらいの方が気楽でよかった。

——あなたは顔が悪いんだから、イケメンと結婚しないと子供がかわいそう。

母の声を振り払うように、麗子は口をひらいた。

「早く一緒に暮らしたいな」

前にも、酔った勢いで純也に同じことを口走った気がする。

「そうだね」

思いが通じ合っているのがたまらなく嬉しい。

「独身寮って、いつまでいられるの？」

「どうなんだろ、そんなの調べたことない。あと四、五年はいけるんじゃない？」

純也が冗談交じりに笑う。

「どこに住む？」

麗子がいま住んでいる、ここから徒歩数分のワンルームマンションでは、二人で暮らすには狭すぎる。陽当たりのいいリビングをそなえた部屋で一緒に生活したかった。

「どこでも。麗子が住みたいとこなら」

そう言って微笑むと、純也がカウンターの下で、ベージュのパンツスーツにつつまれた麗子の内腿《うちもも》に手を這わせてくる。

「ちゃんと着けてきた？」

麗子は、うつむきがちにうなずいた。顔が紅潮してくるのがわかる。待ち合わせする前に急いで自宅に寄り、前回純也がプレゼントしてくれた黒いレース地のランジェリーを身につけてきている。自分では決して買わない、相当に際どいデザインだった。

注文が一段落したらしい店主が、意味ありげな笑みを浮かべながらカウンターのむこうから声をかけてきた。

「いま帰ったカウンターのお客さん、前うちによく来てたミズキちゃんって気づいてました？」

「ミズキちゃんって、ジャズピアノやってる……」

店主を交えながら、麗子も二、三度話したことのある音大出の常連だが、本人だとまったくわからなかった。

「そうそう」

記憶に残っているのは、団子鼻の地味な顔立ちだったが、カウンターにいた女性は別人のように鼻筋が通ってあでやかだった。

「誰それ？」

もしかしたら純也は会っていないかもしれない。店主が前にここの忘年会で撮った写真を見せてくれた。

「ぜんぜん顔ちがうじゃん」

「お金かけて、顔いろいろいじったらしいですよ。それで、玉《たま》の輿《こし》婚していま恵比寿《えびす》に住んでるって」

しきりに感心している純也の反応が気に入らなかった。

「ああいう感じの子、好き?」

真正面から顔のことを訊くのは怖かった。

「整形とか、無理無理」

純也がおどけたように顔をゆがめる。

胸底に燃え上がった嫉妬が燠火《おきび》のように小さくなっていく。麗子は頰をゆるめて、相手の肩にもたれかかった。


祝日とあって、日が暮れてからも吉祥寺《きちじようじ》駅前のスターバックスにはひっきりなしに客が訪れている。

窓際のカウンター席に陣取った麗子は、二杯目のコーヒーを口にしつつ、来年の管理職選考にそなえて択一試験の対策をしていた。

管理職選考は合格率二%の狭き門で、ここを突破しない限り管理職にはなれないが、合格さえしてしまえば、出世の道はひらかれ、課長や部長はおろか局長すら視野に入ってくる。受験資格を満たした今年はあっさりと一次試験で落ちてしまい、来年こそはと、こうしてプライベートの時間を試験対策にささげていた。

短い休憩を終えたばかりなのに、問題集の字面を目で追っているだけで内容が少しも頭に入ってこない。麗子はため息をついて顔をあげた。

頬杖《ほおづえ》をつき、通りを歩く人波をぼんやりとながめる。

純也との交際がはじまってからというもの、いまひとつ集中がつづかない。仮にこのまま純也と生活をともにし、結婚するとなったら、管理職などどうでもいいように思えてくる。ずっと一緒にいられるなら、公務員を辞めたってかまわなかった。

「お待たせしました。トールサイズのホットコーヒー。本日はクリスマスブレンドでお淹《い》れしました」

女性店員の快活な声が店内にひびきわたっている。

明日はクリスマスイブだった。ここ二週間ほど純也と会えていない。年末で仕事が忙しいらしく、メッセージを送ってもなかなか返事が来ない。今夜も、会えたら会いたいと言われているものの、いまのところ連絡はなかった。

未練を断ち切れず、携帯電話をカウンターに置いたまま純也の電話番号に発信してみる。コール音がむなしく繰り返され、諦めて切ろうとしたとき、ふいに相手の声が聞こえた。

慌てて店の外に出た。

「ごめん、仕事中だよね？」

吐息が白い。不思議と寒さは感じなかった。

「どうした？」

受話口から聞こえてくる純也の声は普段となにも変わらなかった。

「この頃、ぜんぜん会えてなかったから、声聞きたくて。忙しいのに、電話しちゃってごめんね」

こらえていたものが溢れそうになる。

「勉強してるの？」

純也の後ろが騒々しい。外にいるらしかった。

「うん。いつものスタバ」

「はかどってる？」

どことなく、からかうような訊き方に聞こえる。

「まぁまぁ、かな。ね……少しだけ、会えない？」

気持ちをおさえきれなかった。

「会いたいんだけどなぁ……」

電話のむこうで、つらそうに眉間に皺を寄せているだろう純也の顔が目に浮かぶ。期待してしまったぶん落胆は大きかった。それでも、これ以上仕事中の相手の時間をとるわけにはいかない。名残惜しむように礼を述べて電話を切ると、後ろから肩をたたかれた。

振り返れば、どうしてかそこに笑顔の純也が立っている。

「……なんで?」

「麗子の顔見たくなって」

堰《せき》を切ったように熱いものがこみあげてくる。麗子は唇をゆがめながら抱きすくめにいった。

マンションにもどってから、シャワーも浴びずに唇を吸いあった。

互いに服を脱ぎ捨て、ベッドの上で舌をからめあう。麗子は求められるがまま、純也の固くなったペニスを口にくわえこみ、夢中で頭を動かした。

「来て……」

仰向けになると、純也がおおいかぶさってくる。下腹部から駆け上がってきた快感が頭の深部を執拗につらぬき、麗子の口から嬌声《きょうせい》がもれた。

純也の腰使いがしだいに速まっていく。精神統一をはかるように目をつむっていた。

「……こっち見て」

麗子は哀願するように声をしぼりだした。つながったまま、見つめあいたかった。

「もっとちゃんと」

相手の目がうすくひらいたかと思うと、すぐにうつ伏せにされ、後ろから激しく突き上げられた。何度も頭の中を真っ白にさせられたあと、麗子の腰をつかんでいた手が片方だけはなれる。いつものように携帯電話で動画を撮って興奮を高めているらしい。そのまま動物のような唸《うな》り声《ごえ》を出して、純也が果てた。

麗子は気絶したように倒れ込み、肩で息をした。体が汗ばみ、下半身に力がはいらない。

気づけば、かたわらで純也がそそくさとスーツを身につけている。終電前に帰るのが常だった。

「……今日くらい、泊まっていったら？」

「そうしたいんだけど、明日お客さんとゴルフ行かなきゃいけないから」

麗子は力を振り絞って起き上がると、パジャマを着て、純也を玄関まで見送りにいった。

「明後日、クリスマスも仕事なんだよね？」

「ごめん。でも、プレゼントは楽しみにしてもらっていいから」

純也が革靴に足を入れながら言う。

「なにくれんの？」

胸が高鳴る。

「まだ秘密」

二人の忍び笑いが玄関にひびいた。

靴を履き終え、踵を返そうとする純也を引き留めて抱きついた。

「……キスして」

純也が静かに唇を合わせてくれる。

「ずっと一緒にいたい」

麗子は相手の胸に顔を押し付けながら言った。

「うん」

「結婚して……子供も欲しい」

顔をあげると、純也の目にすべてを受け止めてくれるようなおだやかな光が浮かんでいた。


翌日の旅券課では、朝から課長が「We Wish You a Merry Christmas」を上機嫌に口ずさみながら、特段用事もないのに職員に声をかけて回っていた。浮かれているのは課長だけではなく、課長代理も、業務の指示を口実に臨時職員の山内に近づき、相手の困惑をよそにさりげなく口説いている。

「山内さん、今夜なにしてる？　日本フィルのチケット手に入ったんだけどよかったら一緒に行かない？　サントリーホールの、結構いい席」

いつもなら不快に感じるのに、今朝はさほど気にならない。麗子は、机上に置いた携帯電話に目をやった。純也に引越し先候補の物件情報をメールで送ったが、返事はまだとどいていない。昨日、贈ってくれると話していたプレゼントも待ち遠しかった。

窓口の方が騒がしい。受付開始時間にはまだ早かった。

見ると、水商売風の派手な女が金切り声をあげながら職員に詰め寄っている。

「早く出せよっ」

うろたえた課長らが血相を変えて女のもとに駆け寄り、事情を聞いている。それで落ち着いたかに見えたが、ふたたび女が大きな声を出しはじめた。

「さっきから言ってんじゃん、不倫だって。岩瀬麗子がうちの旦那の純也を寝取ったの。ハメ撮りした動画もあるから」

周囲の視線が一斉に自分のもとにあつまる。心臓が止まりそうだった。

「岩瀬さん、ちょっといい」

課長が途方に暮れたような表情で手招いている。

「え、ちょっと待って待って、あの女？　本気で言ってる？　あんなブスなの？」

女の混乱した声がフロアにひびきわたる。

いつの間にか、机上の携帯電話が振動して着信を知らせている。純也からだった。麗子は立ち上がることもできず、焦点の合わない目を携帯電話の画面にむけていた。


どこをどうさまよってきたのか。

泥酔した麗子は千鳥足で路地をふらつき、ちょうど二人組の男性客が出てきた店のドアを躊躇なく開けた。

カウンターに八人も座ればいっぱいの小さな店は、半分ほど客で埋まり、サンタクロースの帽子をかぶったドラァグクイーン風のママがどら声を張り上げながら陽気にしゃべっていた。

麗子はママの挨拶も無視して空いた席に座り、レモンサワーを注文した。

「あら、また寂しきブスがやってきたわ」

ママが缶入りのレモンサワーをグラスにそそいでくれる。

「なんでクリスマスに限ってこんなブスばっかり集まってくるのかしら。不思議ぃ」

客席に笑いがはじける。

「うるさいっ」

麗子がカウンターを見つめながら怒鳴ると、店の中が静まり返った。

「あんたね、いくらブスだからってそんな声出しちゃだぁめ。ウチじゃなかったら、とっくに追い出されてるわよ。出禁よ、出禁」

黙っていると、ママがたくましい肩をいからせてつづけた。

「なにがあったか知らないけどね、辛《つら》い思いしてる寂しいブスはあんただけじゃないんだからね」

麗子はグラスをつかみ寄せ、レモンサワーをあおった。目から熱いものがあふれてくる。

「あら、やだやだ、泣いちゃった。私のせいかしら。やっだぁもう。これだから女はやぁね。でも、ブスにブスって言ってもなにも悪いことないわよね」

ふたたびカウンターに笑いが沸いた。

レモンサワーをもう一度口につけた途端、とつぜん嘔気《おうき》がこみあげてきて、たまらずトイレに駆け込んだ。

申し訳程度の小さな洗面台で口をゆすぎ、鏡に映る自分の顔を見つめた。嗚咽が漏れる。両手で顔を覆い、気づけばその手で捩《ね》じ切るように揉みくちゃにしていた。

＊

銀座は、クリスマスムード一色だった。街に電光があふれ、通りを行き交う誰もが浮き立っているように映る。

仕事を終えてデートクラブのオフィスをあとにした麗子は、誰もいないマンションにまっすぐ帰る気にはなれず、ピンヒールを鳴らしながら気のむくまま夜の街を歩いていた。

ハイブランドの店に差し掛かり、ショーウインドウの前で足を止めた。マネキンのミニドレスに目が吸い寄せられる。

ふと、鏡に映る自分の顔に意識がむかった。三年前の忌まわしい記憶がよみがえってくる。純也との不倫が原因で役所にいられなくなり、なかば自暴自棄のまま、箍《たが》がはずれたように美容整形手術をかさねていった。

――あなたは顔が悪いんだから。

頭の中で母の声が反響し、しだいに純也の妻の声に変わっていった。

――あんなブスなの？

衝動的に携帯電話を手にし、かかりつけの美容整形クリニックに連絡をいれる。

「顎プロテーゼ、入れたいんですけど。なるべく早く」

カウンセリングの予約を入れると、近くのＡＴＭで来月の家賃と更新料として残していた預金をすべて下ろし、ショーウインドウに飾ってあったミニドレスを購入した。

「それでは、顔写真つきの身分証明書とクレジットカードをご呈示いただけますか」

麗子は、自分の声がかすかに緊張しているのを自覚していた。

年内最後の営業日となるこの日、会員登録にあらわれた眼前の男は、ほかの経済的に豊かな会員と同じように身なりがきちんとしているものの、奇妙なほど落ち着き払っている。こちらの心をじっと見極めるような目がいとわしい。なにか心に引っかかるものを感じるが、その正体まではわからないでいた。

「身分証明書なんですが、車を運転しないので、こちらでもよろしいですか」

男はそう断ると、ジャケットの内ポケットからクレジットカードとパスポートを取り出した。

麗子はパスポートをあらためると、そこに記されたウチダという名前を見て一挙に記憶が復活した。公務員時代に再発行を繰り返していた男にちがいなかった。すでに過去の自分とは決別したために、悟られないようそのことは黙っていた。

「お客様が登録いただける会員クラスは四つになります。それぞれクラスごとに紹介できる女性会員のランクが変わって――」

タブレット端末を見せながら説明をつづけようとすると、ウチダにさえぎられた。

「埋没法の二重に目頭切開、鼻はプロテーゼと鼻尖形成《びせんけいせい》ですかね」

麗子は目を見張った。

「パスポートセンターにいらっしゃったときもじゅうぶん魅力的でしたが、より美しくなられた。見違えるほどです」

ウチダはそう笑ってオフィスをあとにすると、その日のうちに入金して最上位ランクの会員となった。


年が明けると、気分が沈みがちな日がつづいた。

顎の手術費用とドレス代を支払ったことで生活が苦しくなり、慌てて闇金から追加で借金をした。返済のことが始終頭から離れず、片時も安心できない。デートクラブの給料だけでは利子の支払いさえ苦しく、頼みは男性会員への裏営業だった。

午後、六十六歳になる経営者の男性と新規の面談があった。

「気になる女性がいらっしゃるようでしたらオファーされていかれますか。トライアル扱いで、入会金の振込前でもオファー可能です」

麗子はさりげなく切り出した。

「いや、しばらく予定はっきりしないから今度にするよ」

「本日、デート可能な女性もいらっしゃいますが」

気がはやり、早口になってしまう。

「今日？」

麗子は意味ありげにうなずき、タブレット端末で自分の写真を見せた。

最初は興味深げに見ていた男性が、すぐに気づいて顔をあげる。

「これ、君？」

「私でよろしければ」

麗子は口角をあげて会釈した。

「君、この銀座店のマネージャーなんだよね？」

男性が机に置いていた麗子の名刺を取り上げてながめている。

「……ええ」

「これって、上の人知ってるの？」

麗子はうつむきがちに口をつぐんだ。

「あんまりこういうことしない方がいいんじゃないの？　評判いい店なんだし、君のためにもさ」

男をエレベーターホールまで送りとどけると、打ちひしがれるようにオフィスにもどった。

その夜、ほかのスタッフが帰宅したオフィスで、以前裏営業を受けてくれた男性会員にデートを断られて落ち込んでいると、携帯電話が鳴った。

「返済日、明日ですけど、ジャンプされますか」

闇金が、電話のむこうで丁重な声をひびかせる。

「……ジャンプで」

「わかりました。では、利子だけお願いします。そちらは大丈夫ですよね？」

「大丈夫……」

まったく大丈夫でない状況に焦りがつのっていく。打開策をひねり出そうとして、ふとウチダの顔が頭をよぎった。

入会以来、毎日のように新たな女性会員とデートをかさねている。オファーする女性会員の年齢もタイプもさまざまで、嗜好《しこう》が見えない。すでにセッティング料だけで百万円は使っている。取っ替え引っ替え楽しんでいるのか、気に入った女性が見つからないのか。

麗子は、思い切ってウチダに電話をかけた。

「その後、ご満足いただけてますでしょうか」

そう切り出すと、少しだけ間があった。

「楽しませてもらってますよ、おおむね」

「……おおむね」

ふくみをもたせる相手の声に期待が高まる。

「強いて言うなら、清きアヌスがあればとは思いますが」

「清き……アヌスですか」

なにを言っているかすぐにはわからなかった。

「そう。まだ、誰にも汚されていない二十歳前後のアヌスです」

ウチダの上機嫌な声を聞いて、気持ちが沈む。

アナルセックスは経験したことがないし、今後するつもりもない。そもそも年齢の点で麗子は問題外だった。

「申し訳ありませんが、弊クラブは、性風俗店ではありませんので、そのようなご要望には——」

「もし、女性会員の中にそのような方がいらっしゃって、ご紹介いただけるのでしたら、謝礼として百、いや二百万お支払いします」

「……二百」

破格の金額だった。借金は完済できなくとも、当面の生活費としてはじゅうぶんすぎる。

「必ずお支払いします。二十歳前後の清きアヌスでしたら」

「それって……私に現金手渡しでも可能ですか」

声がうわずる。

「ご紹介いただけるなら、こちらはなんでも」

そのおだやかな声を耳にし、塞ぎきっていた胸内が軽くなっていく。

電話を切ると、麗子はただちに闇金に連絡をとった。

「あなたのお客さんとか、周りに、二十歳くらいのM嬢っていない？　アナルセックス大丈夫な女の子」

「M嬢？」

闇金が面倒くさそうに訊き返してくる。

「SMのM。アナルセックスができる子。紹介したいお客さんがいんの。相手してくれたらその子に二十払うから」

「俺は？」

思い当たる節があるらしい。闇金に訊いて正解だった。

「私が首回らなくなって一番困るのが誰かくらいわかんないの？」

理解したように電話のむこうが静かになる。

「その子にすぐ連絡とって」

後日、M嬢を呼び寄せてスタジオで写真を撮り、ひそかにデートクラブのリストにくわえた。ウチダに会員サイトから見てもらうと、無事に気に入ってくれ、気持ちがはずんだ。M嬢には、風俗店のことは絶対に伏せるようにときつく言い聞かせ、ホテルのスイートルームをおさえたというウチダと引き合わせることとなった。

M嬢との行為が終わったというウチダからの連絡をうけて、麗子はホテルのスイートルームをおとずれた。

M嬢はすでに帰宅したあとらしい。リビングに置かれたソファで、バスローブをまとったウチダが優雅にウイスキーのオンザロックを口にしていた。

ベッドルームをのぞくと、シーツが赤く汚れ、なにかクリーム状の染みが点々としている。かたわらに置かれたルームサービスのワゴンにはシャンパンなどの酒瓶やチーズなどのオードブルが載っていて、まるで食事をしたあとのようだった。

麗子は、うながされてウチダの隣に腰をおろした。

「いかがでしたか」

そうたずねると、ウチダがそっと口元をゆるめた。

「そうですね……まず、絶頂に達してじゅうぶんに潤ったヴァギナに、ペルシャチョウザメのキャビアをふんだんに盛りつけてから、モスグリーン色にかがやくその宝石のような粒をアラン ロベール ル メニル トラディションで口に流し込みました。なかなかのマリアージュだったと思います」

ウチダはウイスキーで唇を湿らせると、饒舌《じょうぜつ》に言葉をついだ。

「それからシチリア産のオーガニックなトマトジュースで浣腸《かんちょう》を済ませたあと、グラッパで洗浄したアヌスに、ゴルゴンゾーラのドルチェをたっぷり塗り込みました。その時点でペニスははちきれそうになっていたので、今年採れた山桜の蜂蜜を垂らし、てらてらに光ったその肉棒をアヌスの中へ静かに埋めてやりました」

ウチダの言っていることも、やっていることも理解できず、うまくリアクションがとれない。

「……満足していただけてこちらも嬉しく思います。特別な会員さまですから」

どうにかそれだけ口にすると、ウチダが鞄から帯封された百万円を二束取り出して、テーブルに置いた。

札束に目が釘《くぎ》付《づ》けになる。約束した報酬だった。

低頭しながら札束に手をのばそうとしたとき、手首をウチダにつかまれた。

「ダウト」

麗子は無言のまま、説明を求めるように見開いた目を相手にむけた。

「さきほどの女性はお宅の会員ではありませんよね？　清く純潔なアヌスではありませんでした。何度も弄ばれ、限界まで使い込まれた薄汚いプロフェッショナルのアヌス、そうじゃありませんか？」

するどく見抜かれて、唖然とした。

黙っていると、ウチダが手をのばし、ドレスにつつまれた太腿をなであげてきた。

「新作のサンローラン」

そうつぶやきながら、ついで太腿から腰に手を回してくる。

「飽くなき欲望に、忠実になれるひとは美しい。次は胸ですか」

こぶりな胸を手でつつみこんでから、顔に手を這わせ、じれったい手つきで麗子の下唇を指先でなぞっていく。

「それとも唇ですか」

ウチダのささやきを耳にしているうち、耳奥でひそめていた母の声がだんだん大きくなってきた。自分が欠陥品のように言われている気がし、腹立たしかった。

麗子は、憤然としてウチダの手を振り払った。

「んなの、ぜんぶよ、ぜんぶ。なにもかもに決まってんじゃん」

絶対的な美を手に入れるまで、醜い自分が跡形もなく消えるまで、走りつづけるしかなかった。

麗子はテーブルに手をのばし、札束をつかんだ。

「このお金もらってくから。次はちゃんと、あんたみたいな変態でも満足できる清きアヌスの子連れてきてあげる」

一瞬虚をつかれたように瞠目したかと思うと、ウチダが声を出して笑いはじめた。ひとしきり笑ったあとで、麗子に視線をすえた。

「麗子さんには、もっとふさわしい仕事があると思います。こんな端金《はしたがね》なんかに執着する必要のない、もっとふさわしい仕事が」

思いがけぬ提案に当惑する。

「……ふさわしいって、どんな」

「外見に執着する。その天賦の才能を存分に発揮することができると思います」

ウチダはそこでほくそ笑むと、右手の小指のリングをまわしながら告げた。

「地面師になりませんか」

巻末対談

ピエール瀧×新庄耕

「小説と映像、溶け合う境界」

他人の不動産の持ち主になりすまし、勝手に売却して大金を騙《だま》し取る。その詐欺の名は、地面師――。新庄耕の同名小説を大根仁《おおねひとし》監督が実写映像化した、Netflixシリーズ「地面師たち」が大ヒット中だ。最新作の本書『地面師たち　アノニマス』は、大物地面師・ハリソン山中が率いるグループのメンバーらの過去を描いた、前日譚《ぜんじつたん》にしてスピンオフ短編集。ドラマで法律屋の後藤を演じたピエール瀧《たき》は、本書をどのように楽しんだのか？　作者に言いたいことがあるそうで……。ドラマ第三話に登場した六本木「atelier 森本 XEX」で、初対談が実現した。

新庄　この本（『地面師たち　アノニマス』）は、『地面師たち』に出てくるキャラクターの前日譚を描いたスピンオフ短編集なんですが、俳優さんたちのイメージをお借りして書いていったんです。

瀧　映像からのフィードバックでお話を作ってくださっていると思って、めっちゃ楽しく読みましたよ。

新庄　個々のエピソードに関しても、だいぶ映像に依存しているんです。小説寄りの話もあればドラマ寄りの話もあり、これは小説と映像、どっちに寄せて書いている話なんだろうと自分でも分からなくなる瞬間があったんですが、もういいや、と（苦笑）。世界線が混線しまくっている。

瀧　どっちもごちゃ混ぜのパラレル・ワールドの話です、みたいな（笑）。

新庄　ドラマのファンブックに近いかもしれません。

瀧　竹下の話（「ルイビトン」）なんて、「ルイビトンっ」から始まるじゃないですか。ドラマに出てくるセリフですよね。

新庄　初めて撮影現場に行った日が、「ルイビトンっ」のシーンだったんですよ。

瀧　あれ、北村《きたむら》（一輝《かずき》）さんのアドリブで出てきたセリフだったんですよ。こっちは笑いを堪《こら》えるのに必死でした（苦笑）。そうか、あの撮影にいらしていたんですね。

新庄　二回ほど観《み》に行かせてもらったんですが、一回目が東宝の第一〇スタジオに設営されたハリソンルームでの撮影の日で。ハリソンルームは原作にはないものだし、脚本でも部屋の描写は二行ぐらいしか書いてなかったんです。ワンルームに毛が生えたような感じなのかな、それだとハリソン感が出ないなぁと思って現場に行ったら、目が飛び出ましたね。

瀧　あの部屋自体に、ハリソン感がありますもんね。

新庄　たじたじになっちゃいました。瀧さんは最初にハリソンルームをご覧になった時、どうでした？

瀧　部屋の規模感にも驚きましたが、細かい作り込みがすごいんですよ。壁とか柱とか、置いてある物だったりとか。あれ、美術さんが作っているんですが、こんなに隅々まで目が行き届いているんだったら、こっちも芝居するうえで指一本の動きまで気が抜けないなというか……。

新庄　プレッシャーを感じる？

瀧　プレッシャーというよりも、気が引き締まる感じですね。きれいな皿があって、きれいな刺身を盛り付けるなら、ツマも上手に盛り付けたくなるじゃないですか。そこまでやったほうがいいだろうなというマインドになりますね。そうやってみんなでどんどん精度を高めるというか、純度を高めていく。例えば、後藤はどの時計を着けるかということも打ち合わせして、結局あの白いやつに落ち着いたんです。

新庄　あれ、相当な値段がすると聞きました。

瀧　らしいですよね。僕もあんまりよく分かんないですけど、確かにこういう人、白いのしてそうとは思いました（笑）。そういうことの積み重ねなんですよ。首の磁気ネックレスみたいなやつも、あえてああいうものを選んでいるんだろうし。実はあれ、竹下と同じやつを着けているんです。

新庄　えっ⁉

瀧　おそらく竹下と後藤は、わりと近い仲なんですよね。「竹ちゃん、それええな。どこで買《こ》うたん？」「後藤のも買ってきてあげるよ」みたいなやり取りがあって、それを着けているんじゃないか。そういった背景を感じるようなものがあると、竹下が壊れていく時に「どうしたんや、竹ちゃん」というような顔をしたほうがいいな、となっていく。イメージを喚起させるようなネタがあればあるほど、やりやすいと言ったらヘンですけども、お芝居をしていて面白いんです。

新庄　この対談をしているのは、第三話に出てきた店なんですが、あのシーンで着ている瀧さんのナイキの服、絶妙でした。

瀧　カネは持っているけど、センスが微妙という（笑）。スタイリストの伊賀大介《いがだいすけ》さんが用意してくださったんです。

新庄　ああいう人、いますよね。

瀧　いますよね。ゴルフウェアは、よそ行きになると思っている人（笑）。

後藤が使っているのはうさんくさい関西弁です
というエクスキューズを入れる使命がありました（笑）

瀧　大根さんは電気グルーヴの映画の監督もお願いしたり、その前から普通に友達だったものですから、「瀧さん、今度Netflixで作品やるんで、出てください」と言われた時は、「いいっすよ」と。「何撮るの？」と聞いたら、「『地面師たち』という話です」「あっ、もしかしてあの五反田《ごたんだ》の？」。

新庄　五反田の土地の地面師詐欺事件のこと、ご存じだったんですね。

瀧　知ってました、知ってました。あの当時（事件が起きたのは二〇一七年）、結構なニュースになっていたじゃないですか。ただ、どうしてあんなに大手の不動産会社が騙されたのかとか、どういう手口だったのかとか、謎の部分が多いなとは思っていたんです。大根さんに「事件を基にした小説があって……」と教えてもらったのが、新庄先生の小説との出合いでした。一応、「どっち？」って聞いたんですよ。騙す側なのか、騙される側なのか。「そりゃあもちろん詐欺師側に決まってるじゃないですか」と言われて、「まあ、そうだよね」と（笑）。

新庄　今日は瀧さんに謝りたいことがあるんです。後藤は関西弁、という設定にしてしまって申し訳なかったです。大変でしたよね。

瀧　いえいえ。ただ、大根さんには最初に言いましたけどね。「関西弁なの？　標準語になんない？」「いや、それは原作の小説がそうなんです。ダメです」。今、ネットですっげえ叩《たた》かれてますもん、瀧の関西弁がヘタ過ぎるって。

新庄　でも、ネットの反応を見ていると、瀧さん、大人気ですよ。Netflixさんも公式

Xで、瀧さんが言う「もうええでしょう」のまとめ動画を出しているじゃないですか。とんでもないバズり方ですよね。あのセリフ、原作小説では一度も出てこないんです。

瀧　「もうええでしょう」問題、ここで記録してもらっていいですか？（笑）あんなにバズりましたけど、僕もバズるとは思ってないし、たぶん大根さんも思ってなかったんです。むしろ僕、やめませんかって言ったんですよ。やっているうちに言い過ぎじゃないかなと感じてきて、撮影時に「何か他の文言に変えません？」と。大根さんは「あ〜」なんて言いながら全然代替案は出てこずで、最後までいったらこうなりました。

新庄　流行語大賞、取るんじゃないですか。他のやつは世間的にも厳しいじゃないですか。ハリソンの「最もフィジカルで最もプリミティブでそして最もフェティッシュなやり方でいかせていただきます」とか。「もうええでしょう」は、子供からお年寄りまで安心して使えます（笑）。

瀧　たまに一般の方とかに「瀧さん、『地面師たち』面白かったですよ！」と話しかけられるんですけど、向こうは明らかに「もうええでしょう」を聞きたがってるんですよ。それがキツい（苦笑）。関西弁の正確なイントネーションをもう忘れちゃっているので、野良ではうまく言えないんです。撮影の時は方言指導の方が現場にいらっしゃって、教えていただいたメロディー込みでセリフを覚えてやっていたんですよね。ただ、セリーヌ・ディオンの曲をずっと聴いているからって、セリーヌ・ディオンと同じには歌えないじゃないですか。関西弁、自分ではできていると思っても、完璧に再現するのは相当難しかったです。違和感があるという関西弁ネイティブの人にオススメしているのは、スペイン語かドイツ語で見てくれ、と。一切気にならなくなりますよ、と。それができるのがNetflix。

新庄　いっそ、馴染みのない言語で（笑）。

瀧　トルコ語とかどうっすか、みたいな（笑）。

新庄　後藤を主人公にした短編（「ランチビール」）では「エセ関西弁」って表現を入れたんですが、一作目を書いた時からそういうイメージだったんですよ。僕は、親は関西出身ですけど、自分はずっと東京育ちなので関西弁の正確なニュアンスは分からない。ネットの「なんJ民」が使っているような、うさんくさい関西弁設定ではあったんです。後藤はそういう設定なんですというエクスキューズを入れるのが、『地面師たち　アノニマス』の使命の一つでした（笑）。

瀧　僕はシンプルに、「また関西弁じゃん！」と思いました。映像のほうでも続編なのか何なのか、あるかもしれないじゃないですか。僕、現場に来た新庄先生に言いましたよね。「次は関西弁じゃないのにしてください」って（笑）。

新庄　すみません。標準語から関西弁に切り替わるところを書けばよかったかもしれないですね（笑）。

後藤の話は「世の中め！」という厭世観《えんせいかん》増し増し
竹ちゃんは竹ちゃんのままでええなぁ、と

瀧　地面師グループの中で後藤だけ、家族がいる設定じゃないですか。根っからの悪じゃないというか、土俵際で一歩踏みとどまっているというか。この人はいろいろあってこうなったんだろうなという、「仕方なしに」感が滲《にじ》んでいるなと思っていたんです。今回の『アノニマス』に入っている短編を読んで、あぁ、なるほどなと思いました。後藤は司法書士事務所でカタギとして一生懸命働いていたんだけれども、よかれと思ってやったことが全部裏目に出てしまう。「世の中め！」という、後藤の厭世観増し増し部分を面白く読ませてもらいました。見た目に異様に執着する、麗子の話（「天賦の仮面」）も面白かった。

新庄　後藤と麗子に関しては、ハリソンから誘われて、地面師になるきっかけのエピソードが書けたらなと思ったんです。

瀧　辰（刑事）とか青柳（石洋ハウス）の話も、過去にこういうことがあった人たちが後にああなるのか、と整合性がついていく感じがしました。そんな中で読んだ竹下のエピソードのホッとすること、ホッとすること。竹ちゃんは竹ちゃんのままでええなぁ、という感じでした。倒れて前歯が吹っ飛んだ時に、ぶつかってきた相手じゃなくて前歯に怒るところとか「竹ちゃんやないか！」って。

新庄　一番書きやすかったです（笑）。

瀧　先生さすがだなと思ったのは、そのシチュエーションとかキャラクターを説明するのに、二行ぐらいの文章でバッとイメージを摑《つか》めるんですよ。竹ちゃんと競馬場に来た女が、「画面にクモの巣状のヒビが入ったスマートフォンを気だるそうにいじっている」とか。竹ちゃんとの関係性と競馬場に連れてこられた退屈さと、女の人の生活感というのが一発で分かる。そういう文章が結構あるんです。

新庄　ありがとうございます。最近は、まず最初にどういう話にするか決めてから脚本を起こして、そこから小説にしているんです。いろいろな「絵」が見えてから書くようにしているので、そういうディテールの部分も昔より大事にできるようになった気がします。

瀧　あと、背中で感じるシーンがちょいちょい出てくるじゃないですか。相手の動きを直接見てはいないんだけど、背中で気配を探って……と。先生はいつもそ知らぬふりして、背中でいろんな人の話を聞いているんだろうなと思いました。面白い話が始まったぞとなっても、聞いているのがバレないように背中で吸収しなきゃ、みたいな。

新庄　ビビりで、めっちゃ気にしぃなんですよ。どうせ俺の悪口を言ってるんだろうなと思っちゃうので、人に背中を向けるのが怖いんです。その感じが文章に出ているのかもしれません。

瀧　フェティッシュですよね、いろんな表現が。正直だなぁという感想はヘンですけど、表現をわりとオブラートに包みたい人もいるじゃないですか。むき出しでドンッと置いてくれるんだなというのはすがすがしい感じもありました。ハリソンが「清きアヌスが」とか言い出す場面とか（笑）。

新庄　この本から担当編集者が替わって女性になったので、原稿を渡す時に一瞬躊躇《ちゅうちょ》はしたんです。こんな表現読ませていいのかなと思ったんですけど、一徹ぐらいしていたので、もういいやって（笑）。

瀧　いやいやいや、最高ですよ。読みながら、声が聞こえてくるんですよ。僕の脳内の豊川《とよかわ》（悦司《えつし》）さんが、静かなトーンで「アヌス」。大手柄ですよ、先生（笑）。

地面師詐欺はもちろん犯罪なんだけれども
やっていることは悪だくみを超えたものになっている

新庄　豊川さんは独特の雰囲気をお持ちですよね。

瀧　独特ですねぇ。

新庄　東宝スタジオへ見学に行った時、本番の撮影が終わって「はいカット」となったら、他のみなさんはパッと切り替えて休憩室に移動するのに、豊川さんはスタジオの端っこにある高いスツールに腰掛けてずっと佇《たたず》んでいる。

瀧　完全にはスイッチを切らないいんです。常にアイドリング状態で待機してらっしゃる感じでした。

新庄　拓海《たくみ》役の綾野剛《あやのごう》さんもものすごい気合いの入り方で、びっくりしました。

瀧　僕みたいな人間は、大根さんがOKと言えばOKでしょうという感じなんですが、彼は責任感を持って臨んでいた印象ですね。拓海のキャラを掘り下げて、いろいろな演技のパターンを試していらっしゃいました。

新庄　『地面師たち』を書こうと思った時に、主人公をどうしようかというのが一番最初の大きな問題だったんです。根っからの反社っぽい人間だと、あまり書く気がしない。もともと表の光の世界にいた人が、何らかの事件があって堕《お》ちてきて、今は地面師をやっているという話だったら書いてみたいなと思ったんです。そういう人間が、信頼できると思える、あるいはこいつだったら手下になってもいいという親分を作りたいなと試行錯誤していったら、ハリソン山中が生まれたんです。

瀧　地面師グループは、「必殺仕事人」シリーズみたいな昔の時代劇の人物配置とちょっと似ていますよね。後藤は同心だけど、実は裏で悪いことをしている。麗子は街へ繰り出して、変身したりしながら情報を引っ張ってくる。竹下はニヒルな瓦版屋《かわらばん》みたいな感じで、裏でいろいろやっていて……と。

新庄　『七人の侍』もそうですよね。拓海とハリソン山中のキャラが決まった後、後藤、竹下、麗子は何の迷いもなく、すぐに出てきたんですよ。自分が見てきた作品からの影響があったのかなと思います。

瀧　やっぱり、ハリソンがでかいですよね。ハリソンという絶対的な存在が真ん中にいるから、周りは個性がわちゃわちゃしていても、チーム全体の統一感が出る。油が引いてある、と言ったらヘンですかね。ハリソンという油が引いてあるから、僕らが鉄板にのった時に、ちゃんとジューッピチピチッと跳ねられるのかなと思います。

新庄　高倉健《たかくらけん》さんの任俠《にんきょう》映画を観ると、映画館を出た後にみんなが健さんのマネをして、肩で風を切って歩いていたっていうじゃないですか。最近もやくざ系の映画とかドラマはありますが、キャラクターに憧れたって感想はあまり聞かないなと思うんです。「地面師たち」は、憧れるって声をよく聞くんですよ。大企業を騙し抜くというゴール設定が、多くの人の心に引っかかったのかなと思ったりしました。

瀧　ハリソンが企《たくら》んでいることって、単なるお金儲《かねもう》けとは言い難い。構えがでかいというか、道徳であったり社会システムそのものを破壊しにいっている感じがありますよね。ハリソン自体は純粋な悪だし、地面師詐欺そのものはもちろん犯罪なんですけれども、やっていることは悪だくみを超えたものになっている。鮮やかさも含めてでしょうけど、そこに憧れるのかもしれませんね。

フィッシング詐欺で六七万円を振り込む
詐欺の小説を書いている人なのに！（笑）

新庄　ドラマを観た人のコメントをチェックしていたら、自分も地面師になりたい、憧れると言っている人が結構いるんです。模倣犯がいっぱい現れるんじゃないかって、ちょっとドキドキしています。

瀧　最近、司法書士会のお偉いさんが詐欺でとっつかまったじゃないですか。ＳＮＳで、「リアル後藤だ」とか「第一話に出てくる司法書士を見習え！」とか言っている人がいましたよ。

新庄　後藤が本人確認の手続きをやめさせようとするんだけど、「僕にも司法書士としてのプライドがあります」と言って、貫徹するんですよね。

瀧　カモにならないためにも、不動産関係にちょっとでも興味がある人は観たほうがいいですよね。読んだほうがいい。

新庄　『地面師たち』を書く時にいろいろ取材したんですが、今でもすごく印象に残っている話があります。ある人がマンションを一棟売ることになったんですね。いよいよ先方と契約書を交わしますという時に、売買価格の〇が一個間違っていたんです。

瀧　多かったんですか。少なかった？

新庄　少なかった。売値は本当は数億だったのが、数千万で売っちゃったんです。その契約書を作ったのは先方なんですよ。

瀧　うわっ、それって……。

新庄　実印を押しちゃったので……。あっちの言い分としては、「すみません、見落としてました」と。本当に間違えたのか、あえてやっていたのか。これを、詐欺と言うのかどうか。

瀧　震えますねぇ。

新庄　カネを儲けたという行為は明らかなんだけれども、相手に「騙すつもりじゃなかった」と言われたらそれまでというか、心の問題になってしまう。詐欺は、証明することがとても難しいんです。

瀧　ネットやらスマホやらが出てきたせいで、詐欺の件数は二〇年前とかと比べたら莫《ばく》大《だい》に増えているんでしょうね。

新庄　増えてますね。僕もこの前、騙されましたもん。フィッシング詐欺。

瀧　それ、ネットの記事で見ました。何で引っかかっちゃったんですか？

新庄　その前日に、イタリアのサイトをちょこちょこ見ていて、商品を買うために個人情報のデータを入れていたんですよ。そうしたら、翌日にマイクロソフトから、それ自体はウソではなかったんですが、あなたの個人情報とパスワードが外部に漏れています、今すぐ変えてくださいという連絡が来て、マイクロソフトから何から全部変えたんです。それでドタバタしていた日の夜に、銀行から「あなたの銀行口座が狙われています」というショートメールが届いて、やばいやばいとインターネットバンキングに情報を入力して、わけ分かんないやつに六七万円送金したんです。

瀧　テンパっちゃった。

新庄　友達にそれを報告したら、「それ、おじいちゃんが騙されるやつだ」って（笑）。後から考えると、なんでそんなバカなことをしたのかと思うんですけど、その時は必死ですから。

瀧　詐欺の小説を書いている人なのに！（笑）

新庄　詐欺は絶対なくならないな、と身をもって実感しました。

映像に関して僕にできることがあるとしたら一切口を出さないことだと思ったんです

新庄　今回のドラマは、瀧さんの相棒である、石野《いしの》卓球《たっきゅう》さんの劇伴もめちゃくちゃ良かったです。

瀧　そうなんです。卓球さんが劇伴を作ったのって、初めてなんですよね。

新庄　僕とやっている電気グルーヴでは、彼はコンポーザーの面が強いんですが、ＤＪとしての顔もあるんですよね。ＤＪって現場に行って、お客さんたちの場の雰囲気、お客さんたちのノリを見ながら、次はこの曲だろうというものを提出していく。おそらくそれと同じ感覚で、こういうシーンだったりこういうムードの時はこれっしょという音楽を当てられるんでしょうね。彼が作るトラックは何千曲と聴いてきましたけど、やっぱりすげえなぁと思いましたね。

新庄　これは大根さんが企画書で書かれていたことなんですが、日本の映画やドラマは音楽、劇伴がもう一つ足りないところがあるから、絶対になんとかしたい、と。どういう感じになるのかなと思ったら、こういうことだったのかと。映像って総合芸術なんだな、と改めて感じました。何か一つでも欠けていたら、今の結果にはならなかったかもしれません。

瀧　全七話を、何度も観ている人が多いらしいんですよ。こういう話って手口とネタが分かっちゃったら、二回目を観ることってあんまりないと思うんですけど、それに堪える作品なんでしょうね。

新庄　自分の小説が映像化されるのは、初めての経験だったんです。大根さんから一話、二話の脚本を頂いた時に、プロデューサーさんからは「気になるところがあれば言ってください」と言われていたんですが、トーンはだいぶ変わっているし、話や登場人物の設定も細かく変わっていて、気になると言えば全部が気になる。原作者である自分の感覚通りにするなら、全部変えるしかないんです。そんなことは不可能だし、それがいいとも思えない。映像に関して僕にできることがあるとしたら、大根さんの感覚にお任せして、一切口を出さないことだと思ったんです。その判断が良かった、とちょっと自分を褒めてあげたい気がしています（笑）。

（二〇二四年九月三〇日、六本木「atelier 森本 XEX」にて。構成／吉田大助）

ピエール瀧（ぴえーる・たき）
一九六七年、静岡県生まれ。八九年、石野卓球らとテクノバンド「電気グルーヴ」を結成し、九一年にメジャーデビュー。Netflix シリーズ「地面師たち」では、地面師集団の法律屋・後藤を演じる。

本書は、集英社文庫のために編まれたオリジナル文庫です。

初出
街の光　「『地面師たち』シリーズ　特設サイト」二〇二四年十一月五日　配信
ランチビール　「小説すばる」二〇二四年七月号
剃髪　「『地面師たち』シリーズ　特設サイト」二〇二四年十一月五日　配信
ユースフル・デイズ　「小説すばる」二〇二四年八月号
戦場　「『地面師たち』シリーズ　特設サイト」二〇二四年十一月五日　配信
ルイビトン　「『地面師たち』シリーズ　特設サイト」二〇二四年十一月五日　配信
天賦の仮面　「小説すばる」二〇二四年九月号

本文デザイン／泉沢光雄
巻末対談デザイン／今井秀之
巻末対談写真／神ノ川智早

新庄 耕の本

狭小邸宅

厳しいノルマとプレッシャー。容赦ない上司の罵声と暴力。その不動産会社は、なんでもありの過酷な職場だった——。第三十六回すばる文学賞受賞作。

集英社文庫

集英社文庫

地面師《じめんし》たち　アノニマス

2024年11月25日　第1刷　　定価はカバーに表示してあります。
2025年1月21日　第3刷

著　者　新庄《しんじょう》　耕《こう》
発行者　樋口尚也
発行所　株式会社　集英社
東京都千代田区一ツ橋2-5-10　〒101-8050
電話　【編集部】03-3230-6095
【読者係】03-3230-6080
【販売部】03-3230-6393（書店専用）

印　刷　TOPPAN株式会社
製　本　TOPPAN株式会社

フォーマットデザイン　アリヤマデザインストア　　マークデザイン　居山浩二

ISBN978-4-08-744713-2 C0193